書下ろし

長編時代小説

からけつ用心棒

曲斬り陣九郎

芦川淳一

祥伝社文庫

目次

第一章　竪川《たてかわ》の女

一

ふわりと、浪人が頭上に投げた茶碗が宙を飛ぶ。

「むん！」

掛け声とともに刀が一閃《いっせん》するが、茶碗は形をとどめたまま落ちてくる。

ころんと、地面に転がった茶碗を見て、

「なんだ、切れてねえじゃねえか」

見物人のひとりがつまらなそうに言った。

その声が合図だったように、茶碗がぱくっと真っ二つに割れた。

見物人たちが一斉にどよめき、拍手をしだした。

刀を振るった浪人は、すでに刀を鞘《さや》に納めている。

浪人は、歳のころは三十ほどで、中背で痩軀《そうく》、着流しである。

月代《さかやき》は伸びており、無精髭《ぶしょうひげ》もうっすらと生えている。背筋がぴんとして、立ち姿にゆるみがないせいか、むさ苦しいというようなことはなく、こざっぱりとした様子である。

細面《ほそおもて》に二重《ふたえ》の目が大きく、目尻の笑い皺《じわ》が深い。どことなく愛嬌《あいきょう》のある顔だちであった。

この浪人、名前を木暮陣九郎《こぐれじんくろう》という。

脇に敷いてある筵《むしろ》から、陣九郎は、ひと摑《つか》みの団栗《どんぐり》を手に取った。

そして、無造作に団栗を高く宙に飛ばした。

ただ、団栗は四方に散らばらず、すべて陣九郎の頭上にある。

刀の柄《つか》に手を添えた陣九郎は、上を向いて落下する団栗を見ていたが、

「たあっ」

さきほどよりも、気合を籠《こ》めて刀を抜いた。

一閃、二閃、三閃……目にも止まらぬ速さで、陣九郎の刀は頭上で弧を描きつづけた。

ぱちりと鞘に刀が納まったとき……、
ぱらぱらぱらぱらっと、陣九郎のまわりに、細かくなった団栗が落ちてきた。

「おおーっ」

見物人たちがどよめく。

だが、その中から、

「はなから団栗がばらけてたんじゃねえのか」

野次を飛ばす者がいた。

「まだ団栗はある。たしかめてみるか」

陣九郎は、筵にある団栗を指差した。

「おう、しっかりこの目で見てやるぜ」

見物人の中から出てきたのは、顔を赤くして熟柿《じゆくし》臭い息を吐いている中間《ちゆうげん》だった。筵の前までやってくると、団栗をひとつつまんで目に近づける。切れ込みもなにもないのをたしかめると、つぎの団栗をつまむ。そして、またつぎの団栗と見ていくが、思ったような仕掛けがない。

「ふん。さっきの団栗は、ばらけてたに違いねえんだ」

面白くなさそうに戻っていく中間に、

「おい、ケチをつけただけか。それはないだろう。少し手伝え」

陣九郎は声をかけた。

「なにい……手伝えだと。なにを手伝えってんだよ」

振り向いた中間は、顔をしかめて応《こた》える。

「団栗を俺に投げつけろ」

「投げろだと……思いっきり投げつけていいのか」

「ああ、俺の体に少しでも当てられたら、二朱《しゅ》やろうではないか」

「二朱……！　ふん、もうもらったようなもんだな」

中間は、にたにた笑いながら、筵の前まで戻った。

その間に、陣九郎は筵から二間《けん》（約三・六メートル）ほど離れて立ち、腰に差した大刀から小柄《こづか》を抜いて手に持った。

筵にある団栗を左手で摑めるだけ摑むと、中間は右手にひとつ持ち、

「もう投げていいのかよ」

舌なめずりして言う。

「ああ。さあ、当ててみろ」

陣九郎は、いたずらっぽい笑みを浮かべた。

「泣きっ面《つら》かかせてやるぜ」

中間は、陣九郎の笑みにムッとして言い放つと、

「くらえっ」

酔っているとは思えない素早い動きで、団栗を陣九郎に投げつけた。

陣九郎が小柄の峰で、飛んできた団栗を受けた。

ガッ！　と音がした途端、

「いてっ」

団栗は、中間の額《ひたい》に、ぴしっと音を立てて命中した。

小柄の峰によって跳ね返された団栗が、まっすぐに中間に戻ったのである。

「くそっ」

カッとなった中間は、赤い顔をさらに赤くさせ、つぎなる団栗を力いっぱい投げつけた。

その団栗も、陣九郎の小柄に跳ね返され、今度は中間の頬を打つ。

「この！」

中間は、陣九郎の足を狙って団栗を投げた。

これは、余裕で足を上げて陣九郎は躱《かわ》す。

「畜生！」

中間は、これでもかこれでもかと、団栗を力の限り投げつけたが、ことごとく跳ね返されるか、避けられてしまった。

団栗が額や頬のほか、顎《あご》や耳に当たった中間の顔は、赤斑《まだら》になり、ところどころから血がにじんでいる。

中間は、さらに筵の団栗を摑もうとしたが、

「おい、待て。もうよいだろう。皆の衆、どうだ」

陣九郎は、見物人たちに向かって訊《き》いた。

だが、物見高い見物人たちは、もうよいとは言わなかった。中間が、団栗を両手にいっぱい持って立つと、やんやの喝采《かっさい》である。

「しょうがないな」

陣九郎は苦笑すると、小柄を構えた。

「野郎!」

中間は、右手いっぱいに摑んだ団栗を、陣九郎に向かって投げた。

四つほどの団栗が陣九郎に飛ぶ。今度は、ひとつくらい当たるだろうかと見物人たちは思ったが……。

飛んでくる団栗を、陣九郎はすべて見切っていた。四つのうちの二つを受けて跳ね返し、二つを躱したのである。

「いちっ」

跳ね返された団栗のひとつは中間の手に、もうひとつは目に当たった。

「あ、悪いわるい、目に当てるつもりはなかったのだ。許せ」

陣九郎は中間に声をかけると、見物人たちに向かって、

「今日は、これで終わりだ。心付けを頼むぞ」

それに応えるように、筵の横に置かれた笊《ざる》に、見物人たちがそれぞれ小粒を投げ入れていく。

「目の具合はどうだ」

中間に歩みよった陣九郎は、気がかりそうに訊く。

「この野郎」

酔いのせいもあるだろうが、目の痛みに逆上した中間は腰の脇差《わきざし》を抜いた。

「きゃあ」

見物人の中の女が叫ぶ。

「おい、よせよせ。こんなところで刀を振りまわすと迷惑だ。おぬしも下手をすると怪我《けが》するぞ」

陣九郎が諭《さと》すように言うが、中間は聞く耳を持たない。

「死んでもらうぜ」

陣九郎に向かって脇差を振るった。

だが、脇差は空を斬る。陣九郎は、体をよろけさせた中間の懐《ふところ》に飛び込むと、脾《ひ》腹《ばら》に当て身を食らわせた。

「むぐう」

中間は、その場にへたり込むように倒れ込んだ。

それを見ていた見物人たちは、また喝采を送ると笊に金を投げ入れた。

「やや、どうも……」

陣九郎は頭をかきながら顔をくしゃくしゃにして、見物人たちに笑顔を向けた。

文政《ぶんせい》五年（一八二二）弥生《やよい》（三月）、晩春の昼下がり。

人ごみでごった返す両国広小路《りようごくひろこうじ》の片隅での光景である。

二

「見てやしたぜ。木暮の旦那《だんな》、やっぱりすげえや」

丸めた筵と笊を抱えて長屋への帰途についた陣九郎に、鼠《ねずみ》のような顔をした小柄な男が近寄って声をかけた。

「ちとやりすぎた。あの中間、恨んでおるだろうな」

陣九郎は、顔をしかめて応える。

気を失った中間は、そのまま寝かせてある。しばらくしたら気づくだろう。

「あんな野郎はいいんですよ。酒の酔いが覚めたら、あんな文句をつけた自分が悪いって悄気《しょげ》かえりやすよ」

「だといいのだがな」

二人は肩を並べて歩きだした。

鼠顔の男は、陣九郎と同じ長屋に住む、金八《きんぱち》という納豆《なっとう》売りである。朝、納豆を売って歩くほかは、ぶらぶらしているのが常のようだ。

二人の住む長屋は、両国橋を渡って東広小路を抜けた先の相生《あいおい》町四丁目の端にあった。大家は、喜八《きはち》という商人で、表で下駄《げた》屋を営んでいる。

だから長屋は喜八店《だな》と呼ばれていたのだが、徐々にそう呼ぶ者はいなくなり、いまではもっぱら、からけつ長屋と呼ばれるようになっていた。

住んでいる者がみな貧しく、年中ぴーぴーしており、おけらで空尻《からけつ》ということから、まわりの者が呼び始め、当人たちも嫌がることなく、

「おいらの住まいは、からけつ長屋だぜ」

と、あっけらかんと言っている。

陣九郎は、気が向いたときに、両国の西広小路へ行き、ほかの見世物芸人たちの邪魔にならないように隅っこに陣取り、剣を使った見世物をして、たつきのための金を稼《かせ》いでいる。

普段は、たいして金にはならないのだが、その日は、酔っぱらった中間が絡《から》んできたために、見物人たちが面白がり、思ったよりもたくさんの金を得ることが出来たのであった。

「おい、金八。俺は荷物があるから、代わりに酒と肴《さかな》を適当にみつくろって買ってきてくれぬか。今夜は、長屋の連中を集めて飲もうではないか」

陣九郎の言葉に、顔を輝かせた金八は一も二もなく、

「合点《がってん》」

請《う》け合って、金を受け取ると走り出した。

夕刻から、陣九郎の部屋で金八と呑《の》んでいると、長屋の連中が一人またひとりと集まってきた。

辺《あた》りはすっかり暗くなっている。

肴は煮染《にし》めに香《こう》の物だけだが、みな喜んで食べ、かつ呑んでいる。

与次郎売りの東吉《とうきち》が、

「こうしてたまに木暮の旦那がご馳走《ちそう》してくれるから、このからけつ長屋も捨てたもんじゃねえな」

誰にともなく、四角い顔を酔いで赤くしながら同意を求めた。

与次郎とは弥次郎兵衛《やじろべえ》とも言い、紙作りの小さな人形の両手に重りをつけたもので、子どもが指先に立てて遊ぶ玩具《おもちゃ》だ。

「おめえも、もっと儲《もう》けて、おいらたちに奢《おご》ってくれよ」

やけに痩《や》せた色の黒い男が応えた。

名前は辰造《たつぞう》、牛蒡《ごぼう》のようだというので、牛蒡の辰と呼ばれる博打《ばくち》うちだ。

「へん。お前こそ、たまには勝ちやがれ」

東吉は言い返す。辰造は苦笑いをしたが、それもそのはず、長屋の連中は、辰造が勝ったというのをあまり聞いたことがない。

そのほか、振り売りの磯次《いそじ》と羅宇《らう》屋の信吉《しんきち》が、狭い部屋に肩を並べて酒肴《しゅこう》を楽しんでいた。

振り売りとは、竿《さお》の両端に荷物をつけて売り歩く者のことで、磯次はもっぱら魚を売っていた。目がぎょろっと飛び出て、魚っぽいのは偶然だろう。

羅宇とは、煙管《きせる》の火皿と吸い口とをつなぐ竹の管のことだ。信吉は町を流しながら、羅宇の取り替えや煙管を売っている。こちらは、馬面《うまづら》で顔が長いが羅宇が細長いのとは関係あるまい。

「ところで、三蔵《さんぞう》は遅いな」

陣九郎は、見まわして首をかしげた。

三蔵は、陣九郎が呑むぞと長屋に声をかけると、真っ先に飛んでくる男だった。それがどうしたわけか、今日は姿を現さない。

「ひょっとして、商売が上手《うま》くいってるんじゃあ」

金八が言い差すが、

「なわきゃあねえだろ。あいつの八卦《はっけ》なんて、誰も信用しちゃあいねえよ」

牛蒡の辰が、決めつけた。

三蔵は陣九郎と同じく両国広小路の隅で、ひっそりと商売をしている八卦見だ。つまり占い師である。といっても、広小路の人の多さに、お互いどこにいるのか分からないことが多い。

その三蔵が、実に厄介《やっかい》なことを、からけつ長屋に持ち込んできたのであった。

一同、滅多にたくさん呑める日はないので、奪い合うように杯を重ねる。そのせいで、すぐにみな酔眼《すいがん》となり、酒に弱い東吉などは鼾《いびき》をかいて眠ってしまった。ほかの者たちも、生あくびをしたり、こっくりこっくりと舟を漕《こ》いだりするようになっている。

陣九郎も、柱に寄り掛かって、目を半《なか》ば閉じている。手にした杯には、まだ酒が残っていた。

「ん……」

それでも、入り口の腰高障子《こしだかしょうじ》がかすかに開いて、覗《のぞ》いている者がいることに気がついたのは、剣客《けんかく》である陣九郎だけだった。

目を開けた陣九郎は、腰高障子の隙間《すきま》をじっと見る。すると、また少し開いて、顔を覗かせたのは……。

「おい……」

名前を呼ぼうとしたが、その名前の男が首を必死に振っているのが見えた。

(ほかの者たちに知られたくないのか……)

陣九郎は、立ち上がると、寝そべっている東吉をまたぎ、土間へ降り立った。

誰も陣九郎を気にする者はいない。

腰高障子の隙間から顔を覗かせているのは、占い師の三蔵だった。総髪《そうはつ》を後ろで束《たば》ね、丸い顔に小さな目が真剣な光を帯《お》びている。

出てきてくれと口では言わずに、手招きをする。

陣九郎は、外に出ると、後ろ手に腰高障子を閉めた。

「ちょいと助けてもらいたいんですよ」

小太りの体をもじもじさせ、三蔵は陣九郎に必死のまなざしを向けた。古びた紋付の羽織と縞《しま》模様の着物が窮屈《きゆうくつ》そうだ。

ものものしい格好《かっこう》は、八卦見をするためで、浪人風を装《よそお》ってはいるが、三蔵は町人である。

陣九郎がうなずくと、三蔵はほっとした顔になり、部屋へきてくれと言って歩きだした。

自分の部屋の前まで来ると、三蔵は腰高障子に手をかけて、

「中に女がいます。驚かないでくださいよ」

陣九郎を振り向いて小声で言った。

三蔵は独《ひと》り暮らしである。女というのは、どのような女を指《さ》すのか分からなかったが、わざわざ言うのだから、母親や妹の類《たぐい》ではなさそうだ。

三蔵のあとに入っていくと、行灯《あんどん》の火が点《つ》けられており、敷かれた布団《ふとん》に誰かが寝ているのが見えた。

よく見れば、たしかに女である。島田《しまだ》に結《ゆ》った髪に、白い肌、高い鼻梁《びりょう》が見えるが、目は閉じられており、眠っているようだった。

陣九郎は土間に入ると、女を一瞥《いちべつ》したその目を三蔵に向けた。

腰高障子を閉めた三蔵は、

「えへへ……」

決まり悪そうに頭をかく。

「なんだ、お前のいい女なのか」

陣九郎は、丸顔で小太りだが、愛嬌のある三蔵に女が出来たのかと思った。

「い、いいえ、そんなんじゃありませんよ」

三蔵は小さい目を見開くと、慌《あわ》てて手を横に振る。

「違うのか。妙《みよう》な笑い方をするから勘違いしたではないか」

「いやまあ……なんか、あたしの部屋に女がいるってえのが、どうもしっくりこなくって。それで、なんだか照れくさいような気がしたんですよ」

でも、考えれば、照れることなんてまるでありませんやと三蔵は言った。

「なにかいわくがあるのか」

陣九郎の言葉に、

「ええ、実は……」

三蔵は言い差したが、

「土間での立ち話は具合が悪いですね」

畳に上がると、女のすぐ横で話すことになる。

陣九郎と三蔵は、上がり框《かまち》に並んで腰掛けることになった。

「実は……この女ですがね、拾ってきたんですよ」

「ほう。どこでだ」

「竪川《たてかわ》の川岸でさ」

川岸に倒れている女を背負《せお》って、連《つ》れてきたのだと言う。

八卦見の客もあまりなく、憂鬱《ゆううつ》な気分で流れる水を眺《なが》めながら竪川沿いに歩いていると、なにか気になるものが目の隅に見えた。

なんだろうとよく見てみると、どうやら女が倒れているようだ。死んでいるのか、生きているのかが気になる。

まわりを見まわすが、忙しく歩いている者ばかりで、誰も気付いている様子はない。

好奇心もあって、三蔵は死体かどうかたしかめてみることにした。

川岸に降りて、恐る恐る女に近づく。

女は小柄で、着物はかなりよい生地《きじ》で作られているようだった。

（武家娘かな……）

着こなしもそのようである。

横向きに倒れているので、顔を覗くと、これが品があって、なかなかにいい女だ。色が白く鼻筋がとおり、形のよい唇に紅が映《は》えている。歳のころは二十くらいか。

じっと見ていると、ぴくっと体が動いた。

これで生きていることが分かり、三蔵は、

「もし……」

声をかけて揺すぶった。

すると女は、うーんと唸《うな》って目を開けた。

「ここは……」

不安げなまなざしで、辺りを見まわしながら起き上がる。

「相生町だよ。竪川の川岸さ」

三蔵の答えに、女は得心がいかないようで、きょとんとした。その途端、

「いっ……」

頭を抱えてうずくまった。

おろおろする三蔵は、医者を呼ぼうか呼ぶまいか考えたが、懐が寂《さび》しすぎる。

そうこうするうちに、頭の痛みが治まってきたようだ。だが、その代わりに、眠くなってしまったようで、ぼんやりした目で三蔵を見上げた。

「帰る場所を教えてくれれば、運んでやるぜ。もっとも、駕籠《かご》を雇《やと》う金はねえけど、あんたの家まで乗せて、お代はあんたの家が……」

と言い差したとき、

「わ、私……なにも覚えてないんです。私はいったい……」

途方に暮れた声を出した。

「名前くらいは覚えてるのですかい」

「……そ、それが名前も……」

名前も家も知らないのでは、送りようもない。

「じゃあ、番屋へ行くかい」

三蔵は面倒なことになったなと思い、自身番屋の前まで送ればいいかと思った。一緒に入ったら、いろいろ詮索《せんさく》されるので敵《かな》わない。ひとりで入ってもらうつもりだった。だが、

「い、嫌です。お役人のいるところは……」

女は必死に首を横に振る。

(こりゃあ剣呑《けんのん》だぜ。なにも覚えてないくせに役人を嫌がるとは……)

「た、助けてください……」

女は、すがるような目を三蔵に向けた。

「な、なんで俺なんかに」

戸惑う三蔵に、

「ほ、ほんの少しでよいから……休ませて……」

と言いながら、女はまたぐったりとして気を失ってしまった。

慌《あわ》てて三蔵は、女の肩を支える。

まだ外で寝るには寒い。これが夏なら藪蚊《やぶか》に食われるだけだが、このまま放ってお

いたら熱を出してしまうことは必定《ひつじょう》に思えた。

三蔵は、長屋も近くだから、担《かつ》いで行くことにした。誰かに見とがめられたら、正直に事情を話せばよい。誰かが親切に休む場所を与えてくれるかもしれない。

八卦見の道具は、河原の草の中に置いた。しばらくのあいだなら、誰もそんなものがあることに気づかないだろう。

いざ女を担ごうとしたが、小柄なくせにけっこう重い。

まず、抱いて河原を上がり、杉の根元に腰掛けさせた。

ぐにゃりとする体を押さえながら、後ろ向きになると、女の両腕を自分の肩にかけさせ首にまわした。そして両足を両腕で抱え込むようにして立ち上がる。なんとか女を背負うことが出来た。

三蔵は、女を背負って、からけつ長屋へと帰ったのである。

帰ると、部屋に寝かせてどうするか思案したが、このまま女を寝かせておいていいものかどうか不安になってきた。

(なにか剣呑なことに巻き込まれたんじゃないのかなあ……)

段々、気が気でなくなってきた。

(そうだ、こんなときは、木暮の旦那の知恵を拝借《はいしゃく》するのがいいや)

そう思い立ち、陣九郎のところへやってきたのだった。

「なるほどな。まあ、このまま寝かせておくしかあるまい。どうにも気になるんなら、番屋で話だけはしておけば、なにかあってもお前に災《わざわ》いは及ばぬだろう」

「へえ……そうだとは思いますが……」

三蔵は、気乗り薄のようだ。

「この女が、役人がいるところは嫌だと言ったことが気になるのか」

「ええ……まあ、そうなんで」

「それほど、この女に義理はないだろう」

「へえ……ですが、やはり……」

三蔵は、ちらりと寝ている女に目をやった。

「まさか惚《ほ》れたわけでもあるまい」

陣九郎の言葉に、

「莫迦《ばか》言っちゃいけません。そりゃ、かなりのいい女ですがね。あたしは、もう三十過ぎだ。ひと目で女にまいるほど初《うぶ》じゃないですよ」

三蔵は、苦笑いすると、

「ただね。なんだか、可哀相《かわいそう》なんですよ。役人に怯《おび》えているようだけど、きっと大《たい》して悪いことはしてないんじゃないかとね……」

「情けというやつか。それもよいだろう。なにか助けてほしいときには、俺に言えばよい。力になろう」

「ありがたいことです」

三蔵は頭を下げた。三蔵は、自分ではそうと思っていなかったが、陣九郎の知恵を借りようというのではなく、実は力になろうという言葉を聞きたかっただけなのである。これで、波騒いでいた気持ちが落ち着いた。

このとき、女がとんでもない災いの元であるとは、三蔵と陣九郎は思ってもいなかったのである。

三

その夜の深更《しんこう》のことである。

陣九郎の部屋では、与次郎売りの東吉と、羅宇屋の信吉が、半《なか》ば折り重なって鼾をかいていた。陣九郎はというと、壁に身をもたせかけて眠っている。

さすがに朝が早い納豆売りの金八と振り売りの磯次は、部屋に帰っており、博打うちの辰造の姿もない。

ふと、陣九郎は目を開いた。

外に人の気配《けはい》がしたからである。しかも、殺気を帯びている。

脇に置いた刀を手にすると、陣九郎はゆっくりと立ち上がった。

殺気は、陣九郎の部屋に向けられているわけではないようだ。

音を立てずに土間へ降り立ち、外の様子をうかがう。

犬の遠吠えが聞こえてくる。

月の光が長屋の路地に差し込んでおり、腰高障子の外がほんのりと明るい。

その明るさの中を、ひとつの影がすっとよぎった。そして、またひとつ。

陣九郎は、刀を腰に差すと、やおら腰高障子を開けて、一歩外へ出た。

二間ほど先で殺気を漲《みなぎ》らせた二つの人影が、動きを止める。

月の光に浮かんだ人影は、二人とも二本差しの武士だった。月代はきれいに剃《そ》られ、袴《はかま》と袷《あわせ》もくたびれてはいない。浪人ではなさそうだ。

「この長屋になにか用でもあるのかな」

陣九郎は、二人の武士に、のんびりとした声で訊いた。

痩せて背の高い武士が陣九郎に向き直ると、

「ここに八卦見がいるはずだが、どこがそいつの住まいだ」

いきなり訊く。

「八卦見……ああ、住んではいるが、いまはおらぬぞ」

陣九郎の答えに、もうひとりが、

「嘘をつくな。この長屋に占い師が女を背負って入ったのを見ている者がいたのだ。どこにいるのか教えてもらおう。さもなくば……」

刀に手をかけた。

こちらは、ずんぐりとして背が低い。

「おっと、剣呑だな。おらぬ者はおらぬのだ。一度帰ってきたが、また出て行ったようだぞ。そういや、女を背負っていたのを見たな。だが出て行くときは、二人並んで歩いておったが」

陣九郎の言葉に、二人の武士は顔を見合わせた。本当かどうか判断がしかねるようで、再び陣九郎を向くと、

「どこに行ったのか知らぬか」

痩せたほうが訊く。

「さあて。女連れだったので、気になって見ていたのだが……木戸を出て、竪川のほうへ行ったと思ったが、その先は知らぬ。あとを尾《つ》けたわけではないからな」

陣九郎の恬淡《てんたん》とした様子を、二人は不審気に見ていたが、

「嘘をつくと承知《しょうち》しないぞ」

ずんぐりしたほうが言い捨て、長屋の路地から出て行った。

陣九郎は、ふうっと溜《た》め息をつくと、木戸まで歩いて行く。

二人の武士がいなくなったのをたしかめ、三蔵の部屋の腰高障子をたたく。

出てきた三蔵は、いましがたのやりとりを聞いていたと言う。青ざめて、額に汗を浮かべている。

「生きた心地《ここち》がしなかったですよ。いったいなんなのでしょうね」

「分からんが、おぬしが助けた女を追っているようだな。殺気を放っておったから、女にとっては敵に違いないぞ」

「そ、それじゃあ、あたしはどうすれば……」

三蔵はおろおろしだす。

「彼奴《きやつ》らに、女を引き渡すか？　おぬしには掛かり合いのないことだからな」

陣九郎は、三蔵の顔を見ず、あらぬほうを見ながら言った。

「そ、それは……」

「自分の命のほうが大切ではないか」

「へ、へえ……だけど、事情もまだ分からないうちに、あのような恐い侍に渡すのはどうも……」

「女に悪いと思うのか」

「ま、まあ……」

三蔵は泣きだしそうな顔になっている。

陣九郎は、その顔に目をやると、

「男意気だな。見直したぞ」

破顔した。目尻の皺が深くなり、くしゃくしゃな顔になる。

「嫌ですよ、あたしを試したんですかい」

「なに、覚悟《かくご》を見極めたかっただけだ。俺だって、剣呑なのは御免《ごめん》だ。掛かり合いのない女なら渡してもよいかなとちらりと思っただけのことだ」

「そ、そうなんですか」

「まあな」

そうは言ったが、陣九郎は、三蔵の気持ちはどうあれ、自分ひとりでも女を匿《かくま》うつもりだったのである。

「お前の覚悟は頼もしいが、やはり、このままここに女を置いていてはまずい。いずれまたやって来て探すだろう。どこかへ移さねばな」

「そんなこと言っても、ここのほかに女を移す場所なんて……木暮さまなら、どこか心当たりでもおありなんじゃ」

必死にすがる目を向ける。

（三蔵は女にすがられ、俺は三蔵にすがられるか……）

ふっと笑った陣九郎を見て、

「心当たりがおありなんですね！　よかった」

三蔵はほっとした顔になる。

「いや、そんなものはない」

途端に、三蔵の顔が曇《くも》ったが、

「待てよ。ひとつあるか」

陣九郎の言葉に、またも三蔵の顔が明るくなった。

「そんなに顔が曇ったり晴れたりするのも疲れるものだろう」

「なにを言ってんですか。木暮さまのせいですよ。それより、早く女を連れて行きましょうよ。その木暮さまの心当たりのところへ」

「いや、いまはまずい。あの男たちは、まだそこらをうろついているかもしれぬぞ。もう少し待とう。夜が明けるころがいいかな。心当たりのところへ行くには、ちょうどよい頃合いだ」

陣九郎は謎めいたことを言った。

戻って行く陣九郎を、三蔵は心細げな顔で見送った。

この二人を、少し離れた長屋の奥の部屋から顔を出して見ている者があった。

（なにをこそこそとやっているのやら……）

先ほどの二人の武士と陣九郎のやりとりで目が覚《さ》め、なにごとかと起きたのは、かけつ長屋のもう一人の浪人、袴田弦次郎《はかまだげんじろう》である。

月の明かりに照らされたその顔は、やけに白く浮き上がり、白狐《しろぎつね》のようだ。肌が白いのと、目がつり上がっているせいだ。

陣九郎が部屋に戻り、三蔵も腰高障子を閉めたのをたしかめると、弦次郎もようやく顔をひっこめた。

（金になりそうなことかな……）

弦次郎は、金の匂いを嗅《か》ぐように、鼻をひくひくさせた。これは癖《くせ》だが、金になりそうだと思うと、鼻にツンと金の匂いがするのが不思議だった。

その夜、弦次郎の鼻には、かすかに金の匂いがしたような気がした。だが、それが当たるかどうかは、

（五分五分だな……様子を見ていて損はない）

布団にもぐり込むと、にやりと笑った。

陣九郎は、部屋に戻ると、また壁に身をもたせかけた。

このような形で眠るのに、陣九郎は慣れている。

（ずいぶん前のことだが……あのころ気を張ることを覚えて、いまだにその癖が抜けぬ……）

うとうとと眠りに落ちながら、陣九郎は、まだ自分が安閑《あんかん》な身の上でないことを思い出していた。

東の空がほんのりと明るくなり始めたころ、陣九郎は目を開いた。

立ち上がったときに、遠くで鶏《とり》が鳴く声がした。

寝ている東吉や信吉を起こさないように静かに外に出ると、三蔵を起こす。

三蔵はまんじりともしていなかったようで、目を真っ赤にしながらすぐに起きてきた。

「女はまだ寝ているのか」

「へえ」

「では、またおぶっていくか」

三蔵が女を背負い、陣九郎が先に立って長屋を出て行った。

誰かが見張っているかと思ったが、そのような気配はなかった。

(俺の言ったことを真に受けて、あの武士たちは一晩中探しまわったのだろうか)

と、このときは安堵《あんど》していたのだが……。

相生町を抜けて、竪川に差しかかった。

空はほの白くなっているが、川面《かわも》はまだ黒く墨《すみ》が流れているように見える。

ふと、陣九郎は背筋がぞわっと冷たくなった。

(やはり……)

見張りがいないはずがなかったのである。しかも、単に見張っているだけでなく、強い殺気を放っている。

竪川に架《か》かる二《ふた》ツ目《め》之橋を渡り終えたときだ。

橋の袂《たもと》から黒い塊《かたまり》が跳び出た。

「うりゃあ！」

白刃《ひらめ》を閃かせて三蔵に斬りかかる。

ギイン！

間一髪《かんいっぱつ》、陣九郎の抜刀した刀が弾《はじ》いた。

すでに鯉口《こいぐち》を切って、襲撃に備《そな》えていたから間に合ったのだが、バネ仕掛けのように跳び出てくるとは思ってもおらず、一瞬ひやっとした。

陣九郎は、三蔵を背にして庇《かば》うと、襲撃者に対して青眼《せいがん》に構えた。

黒い塊のように見えた襲撃者は、頭巾《ずきん》を被り、黒装束《くろしょうぞく》である。

「なにものだ」

陣九郎の誰何《すいか》に相手は答えず、こちらも青眼に構えて陣九郎に対する。

（さきほどの武士たちよりも出来る……）

真剣で斬り合うことに慣れている気配が、相手からするのである。

陣九郎とて、道場剣法ではない。修羅場《しゅらば》を数多く潜《くぐ》ってきたので、真剣での斬り合いに臆《おく》することはない。

夜はいったん明け染めると、明るくなるのが早い。

東の空から陽が顔を出し、辺りに朝の光を投げかけた。

白刃が朝の陽光にきらりと光ったのを合図《あいず》に、陣九郎と襲撃者はお互いに打ち込んでいった。

朝陽差す橋の袂に、刀と刀の火花が散るのが見えた。

そのまま刀と刀で、ぎりぎりと押し合う。

「くっ……」

思わず襲撃者の口から声が漏れた。陣九郎の押す力が思いのほか強かったからのようだ。

襲撃者の体が、陣九郎の力で後ろにしなったとき、

「むん」

陣九郎は、刀を打っぱずすと、すぐさま刀を袈裟《けさ》懸けに振り下ろした。

「うわっ」

かすかな手応えがあり、襲撃者は呻《うめ》いた。

二の腕を押さえて、後退する。

「いったいなぜ、女を襲う。俺たちに問答無用で斬りかかるのも解《げ》せぬ。訳を教えてもらえば、命は取らぬぞ」

陣九郎は、ずいっと前に出ながら言った。

「いい気になるな。不覚を取ったのは、夜っぴて橋の袂にひそんでいたからだ。つぎはお前の命はないと思え」

悔しさの滲《にじ》んだ声音《こわね》で襲撃者は応える。

「それは恐い。いま斬っておいたほうが無難ということか」

陣九郎は、言うこととは裏腹に、刀の峰を返すと襲撃者に向かってさらに近づいた。峰打ちで倒そうと思ったのだが……。

「捕まりはせぬ」

襲撃者は、ぱっと橋の欄干《らんかん》に飛び上がると、川に向かって身を投げた。

朝陽のおかげで、墨のように真っ黒ではなくなっていたが、それでも流れは暗い。欄干から身を乗り出して川を見たが、落ちた襲撃者の姿は川に飲み込まれてしまい、見ることは出来なかった。

刀を鞘に納めて三蔵を見ると、青ざめた顔でがたがたと震えている。

「その怖がりようは……俺が斬られると思ったか」

陣九郎は、顔をくしゃっとさせて笑いかけた。

「そ、そんな滅相《めっそう》もない。た、ただ、抜き身の斬り合いなんて、初めて見たもんですからね。もう怖くて怖くて……」

「もう殺気はない。俺が女をおぶろうか」

「い、いや、それは……」

自分が背負うと言おうとしたのだが、三蔵は女を背にしたままその場にへなへなと膝をついてしまった。

四

陣九郎が女を背負って歩き、三蔵がそのあとをよたよたと付いていく。

陽が上り、すっかりと辺りは明るくなっているが、陣九郎が足を止める気配はない。三蔵は、いったいどこまで歩くのか、訊くに訊けないでいた。それというのも、陣九郎がそうとは見えないのに、すさまじい速さで歩くからである。

三蔵の息が上がり、ちょっと待ってくれと言おうとしたとき、陣九郎は道を折れて、小さな寺へと入って行った。

そこは、深川《ふかがわ》の万年町《まんねんちょう》の近くである。寺の名前は覚心寺《かくしんじ》といった。

寺の小坊主《こぼうず》が境内《けいだい》を掃《は》いていたが、陣九郎に気がつくと箒《ほうき》を持つ手が止まった。

「木暮さま、お久しぶりです」

幼《おさな》さの残る顔で笑いかけたが、背中の女を見て目を見開いた。

(こんな寺に顔が知られてるのか……)

三蔵は、陣九郎のことをほとんど知らないことに、いまさらながら気がついた。といっても、陣九郎のことだけでなく、長屋の面々について、なにをたつきにしているかくらいしか、お互いに知らないのではあるが。

「無沙汰しておったな、知念《ちねん》。ところで、ご住職にお会いしたいのだが」

陣九郎の言葉に、知念はうなずくと、先に立って歩きだした。

お堂からは、住職の経を読む声が聞こえてくる。

庫裡《くり》の一室に敷かれた布団の上で、女はまだ眠っている。

小坊主が、布団を一式持ってきてくれたのである。

茶を飲み干した頃合いに、朝の勤行《ごんぎょう》を終えた住職がやってきた。

「いやいや、しばらくだの。お元気でおったかな」

住職の慈念《じねん》は、部屋に入るなり陣九郎に声をかける。

六十に手が届こうかという歳だが、血色がよく目にも張りがある。

布団に寝ている女にちらりと目をやると、陣九郎と三蔵の前に座った。

「お蔭《かげ》さまで大過なく過ごしております。和尚《おしょう》もお元気そうですね」

「なに、わしはいつお迎えが来ても、それまでは矍鑠《かくしゃく》としていられるように、養生《ようじょう》しておるのだ」

「それでは、いつまで経《た》ってもお迎えは来ませんね」

「そんなことはない。朝、目覚めずにそのまま逝《い》ってしまうということもあるぞ。そのように逝きたいものだ」

「なるほど。望ましい死に方ですな」

二人は、顔を見合わせて笑った。

「あの……」

三蔵が遠慮《えんりょ》がちに声を出し、

「この女のことを、和尚さんにお話ししなくてもいいんですかい」

陣九郎は、そうだとうなずき、

「実は和尚、この女をしばらく預かってほしいのです」

単刀直入に言った。

「ほう。して、その事情については話せぬのかな」

「いや、話したいのですがね、よく分からんのですよ」

「はて、面妖《めんよう》な」

「分かっていることだけ、話すとしましょうか」

陣九郎は、三蔵が竪川の川岸で見つけ、長屋に運び、追手がやってきたこと、橋の袂で襲われたことなどを順を追って話した。

「ふうむ。話してもらっても、雲を摑むような話だな……で、ここまで尾けられてはこなかったかな」

「ええ、尾けている気配はありませんでした。ですが、それを感じさせないほどの手《て》練《だれ》なら別ですがね」

「まあ、あんたのことだから、大丈夫だろう。安心して預かることにいたそう」

慈念の言葉を聞き、三蔵はほっと大きな溜め息をついた。

そのときである。女が……、

「うーん」

呻き声を上げた。

一同が、女を見ていると、やがて目を開き、ぼんやりと一番近くにいる三蔵の顔を見ている。

はっとした顔になり、起き上がろうとした。

「無理はしちゃいけない。寝ていたほうがいいよ」

三蔵は、女を優しく制するように、肩に手を置いた。

女は、浮かしかけた体を戻し、三蔵から陣九郎、そして慈念を見る。

再び三蔵に目を戻し、

「ここはどこなのでしょう。あなたには見覚えがあります。助けてほしいと頼んだよような覚えが……」

弱々しい声で言った。

「番屋にも行くなって言うからさ、俺の長屋へ連れてったんだが……」

三蔵は、武士が二人、そして斬りつけてきた黒装束の男がいたことを女に話す。

女は、驚いた顔をしてまじまじと三蔵を見ていた。

「このおかたが、襲ってきたやつを追い払ってくれたんですよ」

三蔵の言葉に、女は陣九郎に礼を言う。

「この慈念さんという和尚さんが、しばらく匿ってくれる」

陣九郎が言うのへ、女は目を丸くした。

「あ……あなたは」

「そ……そんなにしていただいて、よいのですか」

「よいも悪いも、ほかに行く当てはあるのかな」

陣九郎の言葉に、女は絶句した。

「行く当ては……」

女は、目を閉じて顔をしかめた。

「い、痛い」

頭を抱えて苦しみ出す。

「お、おい、しっかりしろ」

三蔵が、あわてて声をかけるが、女は苦しみつづけている。

慈念は、小坊主の知念を呼ぶと、水と手拭《てぬぐ》いを持ってくるように命じた。

額に水に浸《ひた》して絞った手拭いを当てられ、女は少し落ち着いた。

「すみません。急に頭が割れるようになって……」

急にやつれたような顔で、女は言った。

「名前も覚えていないと、三蔵に助けられたときに言ったそうだが、今でもそうなのかな」

陣九郎の問いに、女は顔をしかめつつ、なにも思い出せないと言った。

名前も、そもそもなぜ川岸で倒れていたのか、その前はなにをしていたのかも思い出せないのだそうである。

女が嘘をついているようには思えない。

「頭を強く打ったのだろう。あるいは……」

慈念は、なにか辛《つら》いことがあり、それに心が押しつぶされそうになったとき、心を守るために忘れてしまうことがあるのだと言った。

「この場合は、どちらでしょう」

「ちと、娘さん、頭を見せてもらえぬかな」

慈念の言葉に、女はうなずく。

女の髪の中に手を入れた慈念は、撫《な》でさするようにしていたが、

「瘤《こぶ》もなにもないな……だからといって、頭を打ってないとは言えぬぞ。しばらくはゆっくりと寝ていなさい」

優しい声で女に言った。

「すみません。こんなによくしてもらって……ご迷惑なのに」

女は涙声になる。

「なあに、俺も以前に厄介になったことがあるのだよ。俺のほうが、よっぽど迷惑を

かけたものだ」

陣九郎が、顔をしかめて言った。

「そうだの。もう終わったと見てよいのかな」

慈念の問いに、陣九郎の顔が引き締まる。

「……いえ。まだ終わったとは言えぬでしょう」

陣九郎の顔に暗い翳《かげ》が差すのを、三蔵は見ていた。

（どんな訳があるんだろうなあ……）

訊きたいのは山々だが、陣九郎の強張《こわば》った顔は、その問いを拒《こば》んでいるように三蔵には感じられた。

五

陣九郎と三蔵は、女を残して覚心寺を出た。

どこで、女を探している者たちと遭遇《そうぐう》するか分からないので、路地から路地に入り込み、遠まわりして帰ることにする。

佐賀《さが》町の大川《おおかわ》に面した道を歩いていたのだが、ときおり強い風が吹く。大川の流れも轟々《ごうごう》といつもよりも荒く感じられた。

すでに陽は高くなり、昼餉《ひるげ》の頃合いになっている。

「食べていくか。まだ懐には金が残っているぞ」

陣九郎の誘いに、三蔵は一も二もなく乗った。

一膳飯屋を見つけて入ると、空いていたとっつきの床几《しょうぎ》に腰掛ける。ほかは、客でいっぱいだった。

店が出すものは焼いた鰯《いわし》に大根の煮染め、味噌汁に香の物だけだが、飯はたっぷりと盛りつけられていた。

朝餉抜きだったので、二人とも腹が空いている。がっつくようにして食べた。

奥の座敷は衝立《ついたて》で仕切られ、お互いに見ることは出来ないのだが、その衝立から顔を覗かせた男がいた。

細長いヘチマのような顔に、腫れぼったいまぶたの痩せた男だった。

三蔵が何度か、

「木暮さま」

と口に出したのを聞いて、こっそりと覗き見したのである。

しばらく陣九郎を見ていたが、すぐに顔をひっこめた。

このことに、陣九郎は気づかなかった。飯屋の中の客の多さと、男が用心してほんの少ししか顔を覗かせなかったせいだろう。

男は浪人である。ほかに二人の浪人と、目刺しを肴に酒をちびりちびりと昼間から呑んでいる。

飯屋にしてみればいい迷惑なのだが、目の据《す》わった強面《こわもて》の浪人者たちにびくついて文句《もんく》は言えないでいた。

陣九郎と三蔵が店を出て行くと、さきほどの浪人があとを追うように店を出た。あとを尾けようかどうしようか迷っている風だったが、二人がまっすぐに大川沿いを歩いているのを見ると、見えなくなるほどになってから、歩き出した。

すでに陣九郎と三蔵は、覚心寺から離れているので、まっすぐに帰ろうとしていたのである。その分、これからあとを尾けるのは容易《ようい》になっていた。

浪人は、陣九郎が異様に勘がよいことを知っていたのである。

慎重《しんちょう》に慎重を重ねた浪人の努力は報《むく》われ、ついにからけつ長屋に戻るまで、陣九郎は、あとを尾けている者がいることに気がつくことはなかったのである。

この浪人、名前を布施重四郎《ふせじゅうしろう》という。

重四郎は、一緒に酒を呑んでいた浪人たちにはなにも告《つ》げてはいなかった。

（ふふ、上手くいけば金になるぞ）

にんまりしながら、重四郎は長屋の木戸から離れて行った。

重四郎は、二年前まで陣九郎が師範代をしていた剣術道場の門弟《もんてい》だった。

そして、そのころは浪々の身ではなく、歴《れっき》とした掛川《かけがわ》藩の江戸詰の藩士だったのである。

掛川藩を放逐《ほうちく》されたのは、ほかでもない陣九郎のせいだった。

陣九郎は、十年前、訳あって国許《くにもと》を離れ江戸に出てきてから、賭場《とば》の用心棒から、果《は》ては人足《にんそく》仕事まで、さまざまなことをして暮らしを立ててきた。

そして、五年ほど前に、その剣の腕を見込まれて、浅草《あさくさ》にある一刀流の道場の師範代の一人になることが出来たのである。

国許で修行した流派も一刀流であったのも幸いだった。

重四郎はというと、あまり稽古《けいこ》に熱心ではなく、それゆえに剣の腕前も上達しなかった。

その代わり遊びが好きで、博打と女に目がなかった。そのための金にいつも窮していたのである。

そんなとき、道場の門弟たちの中でも遊び好きな近衛三郎太《このえさぶろうた》が、重四郎に金儲けの話を持ってきた。

「たいしたことはないのだ。それで一晩ひとり二両になる」

そんな甘い話があるものかと思ったが、話を聞いてやってみる気になった。話を持ちかけられたのは、重四郎だけだった。

三郎太も遊び好きで金に窮しており、重四郎に同じ臭いを感じたようである。

肝心《かんじん》の金になる仕事だが……。

「身売りする娘たちの護衛だ」

百姓《ひゃくしょう》の娘を女衒《ぜげん》が買って連れてくるのだが、その娘たちを廓《くるわ》に送り届ける役目だという。

簡単な仕事に思えたのだが、あとになって単に身売りした娘たちの護衛ではないことが、重四郎に告げられた。

ときを見計らって、三郎太が教えたのである。

娘たちは身売りしたのではなく、かどわかされてきた者たちだった。当然、逃げ出そうとするだろうから、三郎太と重四郎で阻止《そし》することになる。

娘たちは五人いた。いずれも十二、三の歳若い娘たちだ。

浅草奥山《おくやま》近くの小屋に閉じ込められていた娘たちを、深夜に移送するのである。娘たちの手をひとつの縄で縛《しば》って数珠《じゅず》つなぎにし、闇夜に紛《まぎ》れて大川端まで連れていくのが仕事だった。

吉原《よしわら》や岡場所へ連れていくのではないと分かり、重四郎は驚いた。

大川端の船に娘たちを乗せるまでが仕事なのだが、夜まわりなどに見つかっては都《つ》合《ごう》が悪い。もし見とがめられたら、斬ってしまえと三郎太は言った。

そんな莫迦《ばか》なと思ったが、それほどまでするからこその一晩二両の金なのであると気づく。

詳しく知ってしまった以上、仕事から足を抜くことは無理になっていた。

裏には大きな黒幕がいると三郎太が脅《おど》すので、やめると言ったらなにをされるか分からない恐ろしさがあったのである。

船に乗せた娘たちがどこへ連れて行かれるのか、重四郎は知らされなかったが、知りたくもなかった。知るのが恐ろしくもあったのである。

そうこうするうちに、娘たちを移送する夜になった。

縄で数珠つなぎにした娘たち五人を、三郎太と重四郎が前後をはさむ形で、月夜の中を歩いて行く。

人気《ひとけ》のない寺の塀に囲まれた道を歩いていたときである。

前方の松の木の蔭から、ひとりの侍がとつぜん現れた。

待ち伏せしていたのだろう。

「近衛に布施。娘たちを離せ。離せば、不問にしてやるぞ」

落ち着いた口調で話しかけてきたのは、師範代の木暮陣九郎だった。月の鮮やかな光に顔がくっきりと見える。

「な、なんでここに……」

先頭にいた三郎太が、驚きの声を上げた。

「そんなことはどうでもいい。お前たちのやろうとしていることは、役人には知らせずにおいた。いまここで手を引けば、俺はなにも言わない。娘たちを親元に帰してやろうではないか。なあ……」

「む、無理だ。いま手を引いたら、俺たちは殺されてしまう」

三郎太は、必死の形相《ぎょうそう》で刀に手をかけた。

「止めておけ。普段、ろくに稽古もしておらぬのだ。俺に敵うわけがない」

「く、糞《くそ》っ！」

後ろで見ていた重四郎は驚いた。三郎太が抜刀し、陣九郎に斬りかかったからである。

（ひょっとしたら……）

重四郎は、真剣なら三郎太が陣九郎を斬ることが出来るのではないかという期待を一瞬抱いた。

だが、それは叶《かな》えられなかった。

ひょいと三郎太の刀を躱した陣九郎は、すっと一歩前に出て、三郎太の腹に拳《こぶし》をめり込ませていたのである。

「むう……」

三郎太の体がどっと倒れ込んだのを見て、重四郎は観念した。逃げても顔を見られている。こうなったら、情けにすがるほかはない。

「お、俺は、こいつに、近衛に脅されて引き受けたのだ。見逃してくれ」

重四郎は、己の恥《はじ》を捨てて這《は》いつくばると土下座した。

「もとよりそのつもりだ。だから、こうして不意をついたのだよ。いいから立ち上がってくれ」

陣九郎は、重四郎を立たせると、娘たちの縄をほどいた。

「この侍たちのことは、俺に免じて黙っていてくれぬか。なんとか抜け出してきたことにしてもらいたいのだが」

陣九郎の言葉に、娘たちはうなずいた。

番屋の近くまで娘たちを連れていくと、娘たちだけで番屋に駆け込ませた。

娘たちの証言で、かどわかした者たちに役人がたどり着けるかどうか分からないが、働きに期待するしかないだろう。

陣九郎が気がかりだったのは、役人の調べが重四郎や三郎太に及ぶことだった。二人とも、藩士である。名前が挙がっただけでも、処分されるのは間違いないだろう。

そしてその懸念《けねん》どおりになり、三郎太と重四郎は、それぞれの藩から放逐されてしまったのである。

もっとも、たしかな証拠があったのではなく、すべてを企《たくら》み、指揮した黒幕も捕まらなかった。

だが、捕まったかどわかしの下手人とおぼしき浪人たちが、三郎太と重四郎のことを話してしまったのである。

ことを穏便《おんびん》に済ませようとした奉行所と藩の計らいで、追放で済んだのだが、本来なら切腹せねばならないところだった。

娘たちは、吉原や岡場所へ売られるのではなく、他国へ売り払われようとしていたのである。

そのために、大川端から船に乗り、さらに大きな船へと移され、長崎へ移されることになっていたことが分かった。行き先は、南蛮のようだった。

陣九郎がなぜかどわかしのことを知っていたのかというと、三郎太と重四郎との話をたまたま漏れ聞いた門弟から相談を受けたためである。

その門弟には口を噤《つぐ》んでいてもらい、陣九郎は二人が娘たちを移送する夜に待ち伏せていたのであった。

重四郎は、陣九郎の温情に感謝していたのだが、藩から放逐されたのは辛かった。すさんだ日々を送るにつれ、いつしか陣九郎のことを憎く思うようになっていったのは成り行きである。

三郎太はどうしているのか、重四郎は知らなかった。

だが、重四郎は陣九郎を恨みに思っている者を知っていた。重四郎が関わったこととは違う、ほかの事情があるようだが、詳しくは知らなかった。

（ともかく、金にはなるだろう）

その者に、陣九郎の所在を話せば、恨みも晴らしてくれるだろう。一挙両得だと、重四郎はほくそ笑んだ。

第二章　本所割下水《ほんじょわりげすい》

一

　布施重四郎が、まだ陣九郎と三蔵のあとを尾けているときに遡《さかのぼ》る。

　三蔵は、からけつ長屋が近づくにつれて、落ち着かなくなってきた。手には、河原に置いたままにしておいた八卦見の道具を持っている。なくなっていたらと心配したが、無事だったのである。

「また、この前の武士たちが来たら、どう言いましょう。あたしが、あの娘と出て行ったって、木暮さまが言っちゃいましたからね」

　助けを求める顔つきで陣九郎を見る。

「なんだ、俺のせいか……そうだな」

　陣九郎は苦笑すると、

「いっそのこと、おぬしも寺の厄介になればよかったかな」

「そ、そんなのは嫌ですよ。あたしだって、儲かりゃしないけど、八卦見って仕事があるんですから」

「ふむ……」

改めて、陣九郎は三蔵の姿を上から下まで見る。

総髪を束ね、古い紋付の羽織に縞模様の着物姿は、いかにも八卦見の占い師である。

「おぬしの八卦は当たるのか」

「よく言うように当たるも八卦、当たらぬも八卦ですよ」

「では、なんのために八卦見というものがあるのだ」

「そ、そりゃあ……」

三蔵は、眉間《みけん》に皺を寄せて思案していたが、

「よく分かりませんや」

ふっと溜め息をついて、あっさりと答えると、

「ただ、占ってほしい人ってのは、もう答えを持ってるもんなんですよ。でも、それに気づいてないか、あるいは自信がないかなんです。それをあたしらが言い当ててやりゃいいんですよ」

「すると、相手の気持ちが読めるというのか？　しかも、自分の気持ちに気づいてない者もおるのだろ。そんな者の気持ちがよく分かるな」

「いろいろと話していくうちに、なんとなく分かるんですよ。言葉の端々や顔色とかでね。まあ、その前に八卦の見立てがあります。その見立てに、いろいろと相手から感じたことを加えて話すんですよ」

「なるほどな……ということは、八卦見というのは、自分の気持ちに気づかせてやる商売とも言えるな」

「うーん……そう言っちゃうと、なんか違うような……」

「どうだ。おぬし、自分を占ってみてはどうなのだ。武士たちにどう言えばよいか、占いで決めればよいだろう」

「そ、そんな……」

三蔵は泣きだしそうな顔になった。

「八卦見では答えが出ないのか」

「木暮の旦那も人が悪いですよ。こんなときにパッパッと分かるような占いが出来るなら、年中ぴいぴいしてやしません。どこかの大店《おおだな》か、幕府のお奉行か、はたまた大奥へうかがって占いをしていることでしょうよ」

「なるほどな。八卦見もピンからキリまであるということだな」

「その通り。自分で言いたくはないですが、あたしゃそのキリのほうで」

三蔵は自嘲《じちょう》気味に力なく笑った。

「武士たちが、おぬしを訪ねてきたら、俺が嘘をついていたと言うのがよいだろう。俺が女を匿っていたということにしておけばいい」

「あたしにではなく、旦那に訊けと言えばいいんですね」

ちゃっかりしたもので、下駄を預けてしまえばよいと分かれば、三蔵の顔が輝きだした。

「それしかないだろう」

「でも、旦那はどうするんです」

「しばらく身を潜《ひそ》めていようか」

「いったいどこへ」

「おぬしの部屋でどうだ」

「ええっ！　それじゃあ、侍たちと鉢合《はちあ》わせしますよ」

「見つからぬように隠れている……といっても、隠れる場所もないか」

陣九郎は愉快《ゆかい》そうに笑うと、

「おぬしは気にせんでいいぞ。俺は俺でなんとかする」

三蔵の肩をたたいた。

案の定《じょう》、二人の武士たちは、陣九郎と三蔵がいない間に長屋に現れていた。

陣九郎が木戸を潜《くぐ》ると、木戸番と話していた金八が目を止め、

「木暮の旦那、どこへ行ってたんですかい。侍が二人やってきて、凄い剣幕で女を出せって言って……」

言い差したときに、三蔵に気がつき、

「おい三蔵、女をどうしたんだ。お前のせいで、おいらたち災難だぜ」

いきまいて詰め寄った。

納豆を売り終わり、長屋に戻ってきた金八は、長屋中を探しまわっている武士二人に遭遇したのだという。

金八のように朝早い者はすでに出払っていたが、まだ長屋にいた者は、武士たちにたたき起こされたようである。

「それは迷惑をかけたな。女はたしかにいたのだが、どこかへ行ってしまった。だから、また武士たちが来たら、俺のところへ案内してくれ」

陣九郎の言葉に、金八はうなずいたが、

「その女ってのは、そもそもなんなんです。おい、三蔵、お前、どこかで拾ってきたんだな」

「い、いや……」

三蔵は、倒れている女を介抱《かいほう》しただけだ。女は、頭を打ったかどうかして、なにも覚えちゃいないのだ。

「女はどこかに行ったと、さっき言いなすったが……」

金八は、そんなはずはないだろうという顔をする。

「それがな、医者へ連れていく途中、目を離した隙《すき》にいなくなってしまったのだ」

「ふーん」

金八は信じていないようだったが、それ以上は問いかけてこなかった。

話し声が聞こえたせいか、各々の部屋から東吉や辰造、磯次、信吉が出てきて、金八と同じことを陣九郎に問いかけてくる。昼餉を食べに長屋に戻ってきたのか、あるいはまだ出かけていないかだろう。また同じことを答えねばならず、陣九郎は閉口した。

「袴田どのにも迷惑をおかけしたかな」

もう一度ひとことおり答えると、気になったことを訊いた。

「起きていたようですよ。部屋に武士たちが入っていきましたが、袴田さまは怒ってはいなかったようです」

東吉の答えに、陣九郎は安堵した。

長屋に二人だけの浪人者だとはいっても、どうにも打ち解けない相手で、ずいぶんと気難しいと感じていたのである。

そして件《くだん》の武士二人が、また長屋にやってきたのは、ほどなくのことだった。

「ひえーっ、お助けを」

横になって昼寝をむさぼっていた陣九郎の耳に、突然悲鳴が飛び込んできた。

「だ、だから、あたしはどこに行ったか知らないんですよ。い、いきなり居なくなっちゃいましたから」

三蔵の声である。

（奴ら、お出ましになったか……）

陣九郎は、むっくりと起き上がると、大刀だけを差して土間に降りようとした。

そのとき、ガラッと腰高障子が開き、

「おいっ！」

大声を上げたのは、昨夜、月夜の光の中で見た背の高い武士である。

「いきなり入って来ようとは、無礼ではないか。礼儀作法《さほう》をおぬしの父御や母御は教えなかったのか」

陣九郎は、のんびりとした声で応えると、土間に降りて雪駄《せった》を履《は》いた。

「昨夜は、嘘をついたな」

背の高い武士は、憤怒《ふんぬ》の形相で陣九郎を睨《にら》む。

狭い土間なので、中背の陣九郎の頭に、武士の鼻息がかかるのを感じた。

陣九郎は、いくぶん武士を見上げる形になり、

「ああでも言わぬと、おぬしらが暴れ出しそうだったのでな。深夜に迷惑もはなはだしいので、仕方なく嘘をついたのだ。嘘も方便というではないか」

「なにを、ぬけぬけと」

「だが、嘘をついた場合を考えて、二ツ目之橋の袂で張り込んでいた者がおったろう。いきなり斬りかかってきたぞ。あれは卑怯《ひきょう》な手だ。これでおあいこってことにならぬか？　どうだ」

「なに……！」

武士は虚《きょ》を衝《つ》かれた表情をした。

「おやおや、見張っていた者のことを知らぬのか」

陣九郎が前に出ると、武士は何歩か後退した。

土間から外に出ると、背の高い武士の後ろに、もうひとりのずんぐりとした武士が立っていた。

「治五郎《じごろう》、おぬしは見張りなど知っておるか」

背の高い武士が、背後のずんぐりした武士に訊いた。

「知らぬ。知っておったら、おぬしに言っておろうが」

治五郎と呼ばれた武士は、かぶりを振った。

「二人とも知らぬのか……」

陣九郎は顔をしかめた。

「角之助《かくのすけ》、こいつは、わしらを攪乱《かくらん》しようとしておる。その手に乗るな」

治五郎が激した声を出す。

「なにを訳の分からないことを言っておるのだ。女がどこにいるのか、それを教えてもらおう。さもないと……」

角之助は、刀の柄に手をかけた。

「三蔵から聞いていないのか。目を離した隙にいなくなってしまったのだよ。てっきり気を失っているものとばかり思っていたせいで、油断したのだ」

「お前までも、言い逃れをするのか」

「女をかばい立てするとは捨てて置けん」

治五郎と角之助は、刀を勢いよく抜いた。

「こらこら、こんな狭い長屋の路地で刀を抜くのはよくないぞ。子どもが怪我でもしたらどうする」

「子どもなど、おらぬ」

角之助の言葉に、陣九郎は辺りを見まわして、

「そういえば、ここには子どもがほとんどおらぬのだった」

からけつ長屋には、独り身の男が多く、所帯持ちでも、子どもがいないところがほとんどだったのである。

「あの女が一体なにをしたのか、その訳を教えてくれぬか。もっともな訳だったら、一緒に探してやってもいいぞ」

陣九郎の言葉に、一瞬二人は顔を見合わせたが、角之助は、

「い、いいや、それはいかぬ。なにも教えはせぬ。女の居場所を吐かねば斬る！」

刀を振りかぶった。

「まいったな」

陣九郎は、刀の鯉口を切った。

二人は愚弄《ぐろう》されていると思っているようで、顔つきが尋常《じんじょう》ではない。血走った目で陣九郎を睨みつけている。

「とうりゃあ！」

角之助が陣九郎に斬りつけた。

ガキッ！

いつ陣九郎が抜いたのか、角之助も見ていた治五郎も、よく分からないほどの速さである。気がついたら、角之助の刀が宙を飛んでいた。

刀は落下し、ぐさりとどぶ板に突き刺さる。

手に刀がなくなった角之助は、呆然《ぼうぜん》として刺さった刀を見ている。

「こ、この……」

治五郎は、抜いたままの刀をぶるぶると震わせていたが、陣九郎には歯が立たないと諦めた。

諦めたはいいが、女を捕らえる気は消えてはいない。

治五郎は、陣九郎に背を向けると、閻雲に長屋の中へ入り込んだのである。

（しまった）

陣九郎は、後を追おうとしたが、

「きゃあ！」

悲鳴が上がり、すぐに治五郎は年増の女房を抱えながら出てきた。刀を女房の首筋に当てている。

「お、おふで！」

木戸口で驚いた声がした。女房の亭主である、楊枝《ようじ》売りの太一《たいち》だ。

「女の居場所を吐かぬと、この女の命はないぞ」

治五郎は、口から泡を飛ばして恫喝《どうかつ》した。

（こりゃあいかん……）

陣九郎は、治五郎がこうまで捨て鉢になるとは思いも寄らなかったのである。

二

「その女房は掛かり合いがない。しかも、おぬし、勘違いしている。俺は嘘は言ってないのだ」

「う、嘘じゃなくても、女を連れてこい、探してでも連れてこい」

治五郎は叫ぶ。

刀を弾き飛ばされた角之助も刀をひっつかむと、

「そうだ、どんな手を使ってもよいから、ここに連れてくるのだ」

尻馬《しりうま》に乗って喚《わめ》き立てた。

(こりゃあ、破れかぶれになっているな。タチが悪いぞ……)

陣九郎は、溜め息をつくと、

「分かった。分かったから、くれぐれもおふでに……その女房はおふでというのだが、傷をつけるなよ。いま、探してくるからな」

と言って、刀を鞘に納めた。

「聞き分けがよいではないか。早くしろ。早くしないと……」

治五郎が、刀をさらにおふでの首に近づける。

「分かった分かった」

陣九郎は、手を横に振ると、踵《きびす》を返す。

そこに居合わせた長屋の連中は、歩きだした陣九郎と、抜き身の刀を持ったままの武士二人を交互に見て不安そうだ。

「おっと……」

ぴたりと陣九郎は、足を止めた。

「言い忘れたことがある」

またくるりとまわって、治五郎と角之助にすたすたと近づいてくる。

「な、なんだ……」

角之助は身構え、おふでを抱えている治五郎は、抱えている手に力を入れた。

おふでは顔から血の気が失せて真っ青だ。このままでは気を失ってしまうかもしれない。

「女がな……」

陣九郎は、二人の武士とおふでの二間ほど前で立ち止まると、顔をしかめて弱った顔になる。

「な、なんだ、女がどうしたのだ」

角之助が、食いつかんばかりの表情で訊く。

「こんなものを落としたのだが、これはなんだろう……」

陣九郎は、懐に手を入れた。

角之助と治五郎は固唾《かたず》を飲んで、陣九郎を見ている。

「これなんだが……」

陣九郎は、懐から丸めた手を出すと広げた。と、同時に、目にも止まらぬ速さで腕が動き、手の中のものが、おふでを抱えている治五郎の眉間に飛んだ。

パシッと眉間が音を立てた。

「わっ」

治五郎に一瞬の隙が出来、おふでを抱える腕の力が弱まり、刀も首から離れた。

「たあっ」

陣九郎の刀が一閃し、治五郎の刀が手から離れた。

いや、刀だけではなく、右手の人差し指と中指が刀にくっついたままである。

手の痛みはまだ襲ってはこず、治五郎は落ちた刀を呆然と見た。

陣九郎は、角之助にも襲いかかった。

「わわわっ」

角之助は闇雲に刀を振りまわそうとするが、ギンッ！　と火花が散って刀は手から弾かれて飛んだ。

「それっ！」

一瞬、立ちすくんでいた長屋の連中が、武士たちに躍りかかった。

おふでは、亭主の太一の腕の中に収まり、治五郎と角之助は、組み伏せられた。もっとも、指を二本失った治五郎は痛みが襲ってきて、抵抗することも出来ずに、ひいひいと悲鳴に似た泣き声を上げている。

陣九郎は、刀を懐紙で拭《ふ》いて鞘に納めると、どぶ板の上に落ちた白いものを拾い上げた。

懐から取り出して、治五郎の眉間へ投げつけた骰子《さいころ》である。曲斬りのために、懐に入れてあったものだった。

秋に拾い集めた団栗がなくなってしまうと、その代わりに、骰子を使うこともあったのである。

賭場で使い物にならなくなった傷のついた骰子をもらってくるのは、博打うちの辰造である。

陣九郎の部屋に、治五郎と角之助は縄で巻かれて背中合わせに座らされていた。指を落とした治五郎は、手当てを受けていたが、顔は青ざめて血の気がない。

「悪いな。おふでを傷つけず、おぬしを殺さずに済ませるには、これしか思いつかなかったのだ。腕を斬り落とそうと思ったのだが、さすがにそれは可哀相に思えてな。指だけではちと不安だったが、上手くいってよかった」

陣九郎は、治五郎の前に座って頭を下げた。

「こんな野郎に謝るこたあねえんですよ。木暮の旦那は人がよすぎら」

金八は陣九郎を叱《しか》るように言うと、

「おいこら、侍、腕を失くさなくて、運がよかったとありがたく思え」

治五郎の頭をこづいた。

睨み返す力も、治五郎には失せているようで、うつむいたままである。角之助はというと、昂然《こうぜん》と顔を上げている。

部屋には、治五郎と角之助、陣九郎、金八のほか、三蔵がいる。ほかの長屋の者たちは、二人を縛り上げてから、仕事に戻っていった。

「おぬしら、なぜあの女を探しているのか、教えてもらおうではないか」

陣九郎の問いに、二人とも口を噤んでいる。

「あんたら、話さねえと、どんなことになるか分かってるんだろうな」

金八が凄むと、

「どんなことになるのだ」

角之助が金八を睨んだ。

「ふん、この木暮の旦那は、優しそうな顔をしていなさるが、実はひどいことをするんだぜ。泣き叫んで止めてくれったって遅いんだからな」

金八の言葉に、角之助は怯《ひる》んだ表情になる。

(なにを言い出すかと思ったら……)

陣九郎は苦笑した。

「金八の言うとおりだ。どんな事情があるのか話してくださいよ。さもないと、旦那の責め苦が待ってますよ」

三蔵までもが、二人を脅しだした。

「拙者《せっしゃ》らは、お前たちに屈しはせん」

角之助は吐き捨てるように言った。

「ならば……」

陣九郎は、角之助の前まで動くと、かたわらに置いた刀を掴んで抜刀する。

「まずは目か……」

切っ先を角之助の目に近づけた。

「う……」

角之助は、ぱちぱちとまばたきをし、首を逸《そ》らせた。

陣九郎は、切っ先をさらに目に近づける。

「せ、拙者に……脅しは通用せぬ」

だが、意に反して、角之助は目を開けていられない。

「では、目を抉《えぐ》るぞ。いいんだな」

陣九郎の言葉に、角之助はぶるぶると体を震わせていたが、声は出さない。

「いい根性だ」

陣九郎の手が素早く動くと、

「う、うわわわーっ」

凄まじい悲鳴が長屋全体に響きわたった。

「な、なんということをするのだ。角之助の目を抉ったのか！」

治五郎が、額に青筋を立てて怒鳴《どな》った。

「うう……」

角之助は呻くだけで声を出せない。

悲鳴を上げたあと、陣九郎が口の中に布の切れ端を押し込んだからである。

背中合わせに縛られているので、治五郎は、角之助の苦しむ様子を頭に思い描きながら、

「こ、この人でなしめが！」

目に涙を溜めながら、陣九郎を罵倒《ばとう》した。

「つぎはあんたの番だな。覚悟してもらおう」

「か、角之助はどうしたのだ」

「あまりの痛さに気を失ってしまった」

陣九郎の言ったとおりに、角之助はぐったりとしており、動く気配がない。

陣九郎は、刀を懐紙で拭きながら、治五郎の前に移ると、

「今度は、おぬしの目を抉る。それでも話さないとなったら、つぎはまた角之助の残った目を抉る。それでも駄目なら……」

「わ、分かった！　せ、拙者の目はよいが、角之助の両の目を抉られるのは、まこと

に忍びない……」
治五郎は、わなわなと震えながら、ついに口を割ることになったのである。
陣九郎と金八、そして三蔵は目配《めくば》せをして、
（しめしめ……）
とほくそ笑んだが、治五郎には、そうした顔の表情を見る余裕はなかった。
実は、治五郎と背中合わせに縛られている角之助は、口に布の切れ端を入れたま
ま、陣九郎に当て身を食らわされて気を失っていた。
その目からは、涙がぽろぽろと出てはいるが、血は流れていない。
陣九郎は、刀の切っ先を目に突き立てる代わりに、あらかじめ隠し持っていた唐辛
子を目に擂り込んだのである。
目を抉られると覚悟していた角之助は、瞑《つむ》った目に唐辛子を擂り込まれ、その激痛
を抉られたと勘違いしたのか、長屋に響きわたるほどの絶叫《ぜっきょう》を上げた。
直後に当て身で気を失ったので、治五郎はすっかり角之助が目を抉られて気絶した
と思い込んでしまった。
本当に目を抉られると信じた治五郎は、角之助が忍びないと言ったが、それは言い
訳にすぎない。自分の目を抉られることが、恐かったのだ。

陣九郎の思う壺だったのである。

右手の指を二本斬り落とされていることが、治五郎の心をすでに萎《な》えさせていたのかもしれなかったが……。

唐辛子を摺り込んだ角之助の目は、三蔵が湯飲みの水で洗い流しているが、治五郎は気づかなかった。

陣九郎にうながされ、治五郎は女を追っていたその訳を語りだした。

三

女の名前は、お悠《ゆう》といい、越後《えちご》のさる藩の上屋敷の奥女中だという。

治五郎は、前田《まえだ》治五郎といい、角之助は、進藤《しんどう》角之助で、同じくさる藩の江戸詰の藩士だそうだ。

「藩の名前までは勘弁《かんべん》してくれ」

治五郎の願いを一応受け入れて、先をうながす。

お悠は、なにか失態《しったい》をして逃げ出したらしい。それについては、治五郎はなにも知らされてはいない。

ただ、お悠を野放しにしていては、藩にとって害を成す恐《おそ》れがある。よって、ただちに捕まえて連れて帰れという命が藩士たちに下った。

手分けして二人一組で、藩士たちはお悠を探したのだが、運よく治五郎と角之助が、お悠の姿を両国広小路の雑踏《ざっとう》の中で見つけた。

だが、人ごみに紛《まぎ》れてしまい、見逃してしまう。

血眼《ちまなこ》になって探しまわり、人に訊き、ついに竪川の辺りで、お悠らしき女が背負われていったのを見たという町人に行き当たった。

お悠を連れて帰れば、出世は約束されたも同然だ。二人は、この僥倖《ぎょうこう》をなんとかして生かしたかったのである。

「それですべてなのか」

陣九郎の問いに、

「ああ、そうだ」

治五郎は、妙に赤い顔で答える。指を斬られたせいで、発熱しているようだ。

「お悠がなにをしたのか、少しくらいは分からないのか。なんとなくでも、あんたの推量でもよいのだがな」

重ねて訊く陣九郎に、治五郎はしばらく首をひねっていたが、

「この際だ。胸襟《きょうきん》を開いて言おう。お悠はなにかの秘密を知ってしまったのだ。ひょっとすると、藩が公《おおやけ》にしたくないことを、お悠が知ったのかもしれぬ。だから、分かってくれ。お悠は、藩に害を成すと言ったろう。我々藩士、ひいては藩で暮らす者たちのために、お悠を引き渡してくれ」

陣九郎に、すがるような目を向けた。

「すると、なにかい、お悠というあの人は、悪い女ってわけですかい。そんなことがあってたまるもんかい。ほとんど話しちゃいないが、あの人は真っ当なお人だ」

三蔵が、気色《けしき》ばむ。

「なにムキになってるんだよ」

金八が不思議そうな顔で三蔵を見る。

三蔵は、はっとした顔をして、

「あ、あたしの勘だよ。これでも八卦見だからな」

どぎまぎして応えた。

「ふーん、当たらねえ八卦見の勘か……」

金八は、にやにやしている。

「治五郎どのは、なにもお悠が悪い女だとは言っておらぬぞ。藩に害を成すと言っているだけだ」

陣九郎の言葉に、

「へっ？　ということはどういうことで」

金八が、合点《がてん》のいかない顔になる。

三蔵のほうは、分かったという風にポンと手をたたいて、

「お上に知れちゃあいけないことを知ったってえことですね」

藩が悪いことをしているんじゃないかと言った。

「そ、そんなことがあるはずがない」

治五郎はあわてて否定したが、焦《あせ》った表情はごまかせない。

「なにがお悠の知るところとなったかは、ご存じないが、だいたいの見当はついているのでしょうな」

陣九郎は、治五郎に決めつけた。

「い、いや、見当などついてはおらぬ」

「それなのになぜ三蔵の言ったことを違うと言い切れるのかな」

「そ、それは……そんなことがあるはずがないと信じるからだ」

お悠が知ったことは公にはしたくないことだと思うが、幕府に対して後ろめたいこ

とではないと、治五郎は必死になって言い張った。

「それはどうだか、お悠に訊かねばならぬところだが……お悠は、行《ゆ》く方《かた》知れずだからな」

陣九郎が、わざと溜め息まじりに言うと、

「拙者は正直に話した。おぬしも正直に話せ。本当に、お悠がどこにいるのか知らぬと言うのだな」

治五郎は、不審な顔で訊く。

「そうだ。こっちも嘘は言っておらぬぞ」

陣九郎は、三蔵を見るが、三蔵の表情も変わらない。

「そうなのか……」

治五郎はがっくりと肩を落とす。

陣九郎たちが、お悠の行方《ゆくえ》を知っていると踏んだからこそ、長屋の女房を人質にとって脅したのだが、とんだ無駄骨だったことになる。

さらには、そのために指を二本も失くしたのだ。治五郎の落胆のほどが知れる。

(悪いな……だが、お悠のいる場所を、いま教えるわけにはいかぬのだ)

陣九郎は、お悠がなにを知ったのか思い出さなければ、なにも始まらないと思っている。

治五郎が陣九郎の言ったことを信じたのは、なによりだった。そうでないと、この二人をどうしてよいか困るところだったのだ。信じてくれたのなら、放免してもよい。失くした指の意趣返しをするかもしれなかったが、その前に、お悠をまた探しまわらねばならないだろう。

「もう、俺たちを困らせるような真似をしないというのなら、縄を解いてやるが、どうだ」

陣九郎の申し出に、

「うむ。お悠を見失ったのは、どこなのだ。それを知りたい」

「あれは……二ツ目之橋の袂だ。いきなり襲ってきた者がいた。てっきり、おぬしらの仲間かと思ったが……」

「さきほども言ったが知らぬ。武士だったのか」

「黒装束を着ていたのでな。剣は相当使えそうだった。おそらく武士だろうとは思うが……」

忍びの者かもしれないと付け加えた。

「忍び？　そんなもの、拙者は知らぬ」

「そうか……ともかく、襲われたとき、なんとか一撃は躱したが、女、つまりお悠を置かねば戦えぬ。置いて、その者と刃《やいば》を交《まじ》え、なんとか一太刀浴びせた。奴は、ずっと見張っていて、体が思うように動かぬせいだと言っていたが、それは本当かもしれぬな。本来の調子なら、俺がやられていたかもしれない」

「へえ。旦那より強いかもしれねえ奴がいるんですかい」

　金八が目を丸くする。

「莫迦。山ほどいるよ。もっとも、曲斬りでは、俺は誰にも負けないつもりだがな。曲斬りは、人と対したときに、大して役には立たぬのだ」

「それで、そいつは死んだのか」

　治五郎が、焦《じ》れて訊く。

「いや、川に飛び込んで逃げてしまった。やれやれと思っていたら、横にしておいたお悠の姿が消えていた。俺がえいやっと刀を振りまわしている間に、気がついたのだろうな。どこぞへ行ってしまったというわけだ。医者へ連れていかなくてよくなったが、それだけに体が案じられるのだが……」

　陣九郎は、襲撃してきた者が、あとで治五郎に話をしても、これなら辻褄《つじつま》が合うなと思った。

一緒に三蔵がおり、襲われたときは三蔵がお悠を背負っていたのだが、そのくらいの違いは、言うのが面倒だったと言い逃れ出来る範囲である。

「分かった。もう、ここには用はない。だから縄を解いてくれ。角之助の目の手当てもせねばならぬしな」

「なに、目はもう洗ってあるから案ずるな」

陣九郎が事もなげに言うので、

「なにを言っておる。抉られたのだ。洗っただけでよいはずがないわ」

このとき、うーんと呻いて角之助が覚醒《かくせい》した。

抉ったのではなく、唐辛子を擂り込んだのだと、陣九郎が種を明かしたのだが、治五郎の悔しがること、はなはだしかった。

まだ目の赤い角之助に、陣九郎は、いまの話をもう一度する。

治五郎にも説得され、角之助も、もうこの長屋へは来ないと誓った。

縄を解かれた治五郎と角之助が、からけつ長屋を後にしたのは、ほどなくのことである。

よろよろと歩く二人を、かなり間を空けて、尾けていく者がひとり。

与次郎売りの東吉である。

陣九郎が金八に、誰か顔をあまり見られていない者に尾けてくれないか頼んでくれと言ったのである。

たまたま東吉が長屋にいた。

「なんだか知らねえが、まかせてくれ」

東吉は、胸をたたいて請け合った。

行商をする者は、歩き慣れている。町に紛れて、気取られずに行き先を突き止めてくれるだろうと踏んでいたのだが、それは当たった。

戻ってきた東吉は、

「竪川と逆のほうへ、ずっとまっつぐ歩いていきやしたから、尾けるのは楽でしたねえ。んで、石原《いしわら》町の近くのお屋敷に入っていきやしたぜ」

まっすぐ北へいったということだ。両側に武家屋敷が並んでおり、町屋はほとんどない。

石原町まで行き着くと、そこは町屋なのだが、そこまで与次郎売りが歩いているのは、不自然とも思える。そのことを問うと、

「やつら、後ろを振り返る余裕もありゃしやせんでしたよ。それに、武家の坊ちゃん

のために与次郎売りを呼び込む屋敷もありやすから、あっしが歩いていても、そんなにおかしくはねえんですよ」

「なるほどな」

「奴らが入ってった屋敷には、目印を置いておきやしたからね」

門扉《もんぴ》の右端の下に、売り物の与次郎を、つまり弥次郎兵衛を半分埋め込んでおいたのだそうである。

「気をつけて見なけりゃ、そんなところに与次郎があるとは気がつきやせんや」

東吉は、得意そうに鼻を動かした。

「助かったぞ。これは、その与次郎の代金と駄賃《だちん》だ、取っておいてくれ」

陣九郎は、懐にあった小粒をあるだけ東吉に渡した。

「おっと、これを元に、稼いできやすぜ」

どうやら賭場へいくつもりらしい。

「ところで、あの侍たちはいったいなんなので？」

東吉の問いに、

「それがよく分からんから、どこの藩の者かを探ろうとしたのだ。詳しく分かったら、長屋のみんなにも教えてやろう」

陣九郎の答えに、東吉は納得して賭場へと向かった。

四

夕刻になり、長屋も茜《あかね》色に染まってきた。

その日、陣九郎も三蔵も仕事を休み、干し芋を肴にちびりちびりと、残っている酒を呑んでいたのだが、それも夜になる前に底をついてしまった。

「酒がもうない。金もないぞ」

陣九郎が、徳利を振って嘆《なげ》くと、

「東吉の奴に、有り金全部やっちまうから、いけないんですよ」

三蔵が、口をとがらす。

「まあ、そう言うな。明日にでも、東吉の言っていたところへ行けば、どこの藩の者たちだったたかが分かるのだ。お悠のことも、なにか分かってくるかもしれぬではないか。東吉のおかげだぞ」

「あたしだって、後ろを振り返らないんだったら、尾けられましたよ。それにしても、お悠さん……いったいどんな災難を背負っちまったのか……」

三蔵は、なんだか泣きだしそうな顔になる。

どうやら、心底気がかりのようだと、陣九郎は思った。

「ひょっとすると……おぬし、お悠に一目惚れでもしたのか」

陣九郎が訊くと、

「そ、そんな滅相もない。だいいち、身分が違いすぎますよ」

三蔵は首を振ったが、目が落ち着きなく泳いでいる。嘘だとばればれだ。

(そうだ。覚心寺に、お悠の世話を焼いてもらうための金を置いてこなかったな。昨日稼いだ金は、全部酒代になってしまったが、誰かに借りるべきだったか)

陣九郎は、いまさらながら気づいたことで、迂闊《うかつ》だったと苦笑いした。

金のことにこだわることはない慈念和尚だが、甘えすぎているような気がしたのである。

二年前に、陣九郎は慈念に助けられていた。

布施重四郎と近衛三郎太の悪行を阻止したあと、陣九郎は刺客に狙われるようになった。

娘たちを南蛮へと売り払う企みを陰で指揮していた黒幕が、陣九郎を殺せと命じたのであった。

陣九郎が、黒幕のなにを知っているわけではない。ただ、ひとつの仕事を無に帰した張本人が陣九郎であり、それに対する報復と言えた。

黒幕は、かなり力のある者で、陣九郎への襲撃も熾烈《しれつ》を極めた。

刺客に追われ、なんとか斬り捨てたが、自らも深い傷を負った陣九郎は、さらなる刺客が襲ってくるのを恐れ、浅草から深川へと逃れてきた。

そのときに、転がり込んだのが覚心寺だったのである。

覚心寺に逃れたのは、偶然のことだった。

浅草から長い道のりを経て、深川までやってきた。

流れた血のせいで目の前に霞《かすみ》がかかった状態で、ふらふらと覚心寺の境内に入り、気を失ったのである。

気がついたときには、庫裡の中で寝かせられていた。

幸い、陣九郎が覚心寺に逃れたことを、刺客たちは知らなかった。

やがて、陣九郎を狙う刺客の気配が江戸の町から消えていった。

奉行所や火付け盗賊改めの追及が厳しく、それから逃れるために、亀が甲羅の中に閉じ籠もるように、黒幕たちが沈黙したからである。

陣九郎に対する報復のために、尻尾《しっぽ》を摑まれるという愚は犯さなかった。

陣九郎は、覚心寺に逃れて以来、長屋住まいを始めたが、江戸の北に行くことはなく、浅草にも足を踏み入れることは絶えてなかった。

またさまざまな仕事を得て口に糊《のり》していたが、半年ほど前から、両国西広小路で曲斬りの芸をして金を得るようになっていた。

人前に顔をさらしての商売をするのは、危険が去ったとタカをくったわけではない。いつまで隠れていても、詮《せん》ないことと腹をくったのである。

だが、この半年、襲撃されることはなかった。

陣九郎は、覚悟していただけに、肩すかしを食らった気分だったが、なにも起こらないことに越したことはない。

このところは、刺客のことを忘れかけているくらいだった。

（慈念和尚には、まだ終わってはいないと言ったが、終わっていてくれたらいいのだがなあ……）

改めてそう思った。

夕闇が料理屋の庭に垂れ込め、石灯籠《いしどうろう》の灯《ひ》がちらちらと揺れている。

しまっていた。

晩春の風は、肌に心地よく、布施重四郎は、長い間待たされた揚げ句、眠くなって

酒も肴もふんだんに出され、空腹をよいことにたらふく口に詰め込んだ。そのため

か、まぶたが重くなっているのである。

だが、襖《ふすま》が開いた途端、眠気も吹っ飛び、期待に目が輝きだした。

入ってきたのは、白髪《しらが》交《ま》じりの初老の武士である。

肌は浅黒く、がっしりとした体躯で、眼窩《がんか》が落ち窪《くぼ》んでいる。

「涌井《わくい》さまですか？　お初にお目にかかります」

重四郎は、思ったより年寄りだなと思いながら頭を下げたが、

「木暮陣九郎の居場所を知ったそうだな」

涌井と呼ばれた武士は、座るなり挨拶《あいさつ》なしでいきなり切り出した。

「はい。木暮が身を潜《ひそ》めている長屋を見つけたのですが……」

「どこだ」

「その前に……お教えしたら、それなりのものをいただけますでしょうか」

「もちろんだ」

男は、懐から無造作に切り餅《もち》をひとつ取り出すと、重四郎の前に滑らせた。

「本当にそこにいたら、もうひとつやろう」

「そ、それは、ありがたい」

重四郎は切り餅を懐に入れた。

切り餅とは、一分銀百枚を紙に包んだものである。一分銀百枚で二十五両だ。

それをもうひとつ。合わせて五十両の金が手に入ることになる。

重四郎は、にやついてしまう顔を元に戻すことが出来なかった。

涌井という武士がどこの誰だか、重四郎は知らない。

なんとなく中年の武士だと思っていたが、実際は初老だったのである。

二年前、陣九郎に情けをかけられたとはいえ、藩を放逐された重四郎は、同じく脱藩の憂《う》き目に遭った近衛三郎太と、場末の料理屋でやけ酒を呑んでいた。

親爺ひとりで料理を作り酒を出す汚ない店である。

酔っぱらって、陣九郎の名前を出して、二人して罵《ののし》っていたのだが、それを聞いていた者がいた。

「もし、いま木暮陣九郎と仰ってましたが、どこにいるのかご存じなので」

訊いてきたのは、三十半ばの中間《ちゅうげん》だった。

団栗眼《どんぐりまなこ》に、受け口の唇が前に出ている。ひょっとこのような顔だ。

重四郎と三郎太は、陣九郎を恨んでいるとはいえ、助けられてもいる。

「なんで、お前がそんなことを訊くのだ」

酔っていながらも、警戒心を露《あらわ》に三郎太が訊き返した。

「いやね、あっしのご主人も、木暮陣九郎という侍に恨みがあるんですよ。江戸にいるだろうから、木暮を見つけたら成敗《せいばい》してやるって仰ってるんです。でね、あっしは木暮を探せと命じられてるんですがね」

見つけたら褒美《ほうび》の金が手に入る。だから、居場所を知っていて教えてくれたら、褒美の金の半金をやろうというのである。

「褒美の金とは、いくらなのだ」

重四郎が目の色を変えて訊いた。

「四両です。その半金の二両、お二人に差し上げましょう」

「ふうむ……」

二両とは大金である。ひとり一両にしても、贅沢《ぜいたく》をしなければ半年は食っていける額だ。

「よし、教えてやるぞ。その代わり、二両出せ」

手を差し出す三郎太に、

「いま持っているわけじゃありませんよ。居場所を主人に教えたら、あっしの手に入るんですからね」

「それじゃあ、お前が逃げてしまえば、俺たちの手には入らないではないか」

重四郎が、食ってかかる。

「まいったな……ちょっと待ってくださいよ」

中間は懐を探ると、ありったけの金を出した。

小粒をかき集めて二分あった。

「いまのところは、これで。教えてもらえたら、明日またここで会おうじゃありませんか。そしたら、半金渡しますから」

これで手が打たれることになった。

中間は二分を置くと、陣九郎の住まう当時の長屋と、師範代を勤めている道場の場所を聞いて店を出ていった。

翌日の夜、再び三郎太と同じ料理屋で呑んでいると、中間が入ってきた。

「これが半金の残りです」

二人の前に二両から二分を引いた一両二分の金が置かれた。一両は四分に換算《かんさん》されるから、二両から二分を引けば一両二分である。

「木暮をどうしたのだ」

三郎太の問いに、

「どうもなにも、もういませんでしたよ」

中間が顔をしかめる。

「いない？　長屋を移ったのかな……だが、道場にはいるだろう」

「それが、もう道場も辞めたそうでして」

「なに！」

三郎太が驚き、

「おかしいな。なぜ辞めたのだ」

重四郎は、首をかしげた。

「なんでも、いく度も刺客に襲われていたそうで、道場に迷惑がかかるといけないからと、辞めてったそうですぜ」

道場に通う門弟に、金を掴ませて訊き出したことなのだという。

重四郎と三郎太は、自分たちを操った人さらいの黒幕が、邪魔をした陣九郎を恨んで刺客を放っていることを知らなかった。

「それは知らなかったが、あやつなら、狙われても仕方あるまい」

さしたる理由はなかったが、三郎太は断言した。

「では、なぜわしらに金をくれるのだ」

重四郎は半分の金を懐に押し込みながら訊いた。

同じく金を懐に入れた三郎太が、余計なことを言うなとばかりに睨みつけた。

「そこにいたってことはたしかだから、払ってやれとご主人が仰ったもんでね」

中間の言葉に、

「それはそうだ。嘘はついておらんからな」

三郎太が当然という顔で言う。

「それで、あなたがたにお頼みがあるんですがね。木暮陣九郎の新しい住まいが分かったり、見かけたりしたら、こっちに教えてほしいんですよ」

中間の持ちかけたことを、重四郎と三郎太は一も二もなく請け合った。

陣九郎の居場所を知り得た場合の連絡場所は、浅草奥山近くの料理屋駒玄《こまげん》で、話は通しておくということだった。

ところが、陣九郎の居場所を知るために、道場の門弟を待ち構えて問い詰めてみたりしたのだが、行方は杳《よう》として知れなかった。

すでに諦め、忘れかけていたのだが……。

重四郎は、江戸を転々とし、深川に流れてきた。そして、このところつるんでいる浪人者たちと、一膳飯屋で昼間から酒を呑んでいたときに、偶然、陣九郎を見かけたのである。

陣九郎の住んでいるからけつ長屋の場所をたしかめると、浅草まで長い道のりを歩いて、駒玄に言伝《ことづ》てを頼んだのである。

涌井さまと言えば分かると、中間から聞いていたことを忘れていなかったのはよかった。ただでさえ、汚い浪人者を店の者たちは、最初うさん臭げに見て、すぐに入り口から放り出したい様子だったからである。

涌井という初老の武士が、陣九郎にどんな恨みがあるのか、重四郎は訊いてみたい気がしたが、涌井のどんな問いも受け付けないといった冷たい態度に、なにも言い出せずにいた。

切り餅を懐に、駒玄を出た重四郎は、小躍《こおど》りしながら歩き出した。

駒玄の座敷では、涌井が、ひとりで酒を口に運んでいる。

お酌《しゃく》も断り、誰も入れるなと言ってある。

涌井が住んでいる隠宅で夕餉の膳についたときに、駒玄から使いがやってきた。探している者のことで話があると、薄汚い浪人者がやってきたというのである。初めは、そんな者は知らぬと言いかけたが、二年ほど前に、陣九郎を知っている浪人者を中間の勘助《かんすけ》が見つけたことを思い出した。

そのときから、涌井の目には異様な光が宿《やど》った。

いまもその目には、ぎらぎらとした光が妖しくまたたいている。陣九郎への怨念《おんねん》に満ちた光である。

「お呼びで……」

ひょっとこ面の男が座敷に入ってきた。いまは中間姿ではなく、町人に扮しているが、二年前に重四郎たちとやりとりした勘助である。

涌井の話を聞き、勘助はうなずくと、座敷から出て行った。

目指すは、からけつ長屋である。

五

にわかに陣九郎に、剣呑な風が吹いてきたのだが、本人はまだそれと気づいていないようである。

月が明るいのをよいことに、長屋の奥で、曲斬りの稽古をしていた。

いや、稽古というより、つぎになにを斬るか、試しつつ思案しているのである。

稼いできた者が酒を持ってきてくれるだろうという三蔵の願いは虚《むな》しく、外で呑んでいる者は帰っては来ず、戻ってきた者は、博打ですったり、まるで儲けのなかった者たちばかりだったのだ。

「仕方ねえや。あたしが、稼いできますから、ちょいとばかり待っててくださいよ」

三蔵は、八卦の道具を持って出て行った。

果たして客がつくかどうか分からないが、出かけてみなければ分からない。

陣九郎のほうは、夜は酔客が多く、絡んでくる武士がいたり、曲斬りの最中に妙な動きをしてくる者がいて危なっかしい。だから、演《や》るのは昼間と決めていた。

秋冬の間に集めておいた団栗は底をついている。

辰造が持ってくる骰子も数に限りがあり、小さいので、宙で斬っても見栄《みば》えがしないのが難である。

(大根や芋を斬るのは、浅草奥山にいたからなあ……)

見たことのあることはしたくなかったが、両方の盛り場を頻繁《ひんぱん》に行き来する者は、あまりいないだろう。

同じ盛り場でなければ、誰も文句は言わないだろうし、大根などの野菜は、斬って

ばらばらにしたあとにかき集めて、煮染《にしめ》か味噌汁の具にすればよいのだ。

（しかしなあ、大根や芋では、芸がないぞ……）

いまいち乗り気になれない。

しきりになにを斬ろうか頭をひねるが、よい思案が浮かばない。

ふと、見られている気がして、どこだと首をめぐらす。

すると、長屋の木戸口で、陣九郎を見ている町人がいた。

月の光は明るく、その顔をどこかで見たように思った。

目が合ったと思った瞬間、その男はくるりと踵を返した。

（誰だったか……）

首をかしげたとき、

（そうだ！　知っている者というのではなく……）

頭に手拭いをかぶせれば、ひょっとこそっくりに見えるに違いない。陣九郎は、あ

はははと声に出して笑った。見た気がしたわけである。

だが……。

（見知った者ではないと思ったが……その昔に、見た気もするが……）

遠い記憶をまさぐろうとして、

（いかん……止めよう）

陣九郎は、頭を強く振った。

思い出したくないことまで……普段は、頭の奥へ無理矢理に閉じ込めているものまでも、ずるずると引っ張り出してくる羽目になりそうだったからである。

その夜、三蔵の八卦見もいくらかの金にはなったようで、四つ（午後十時ごろ）になる前に、徳利一本分の酒を持って帰ってきた。

陣九郎は、まだ長屋の奥で、刀を振りまわしていたが、三蔵の姿と徳利を見ると、にっこり笑って刀を鞘に納めた。

「悪いな。では、一杯だけいただこうか」

陣九郎は、三蔵の部屋で、湯飲みになみなみとついでもらった。

湯飲みの酒を見て嬉しそうである。

「ずっと稽古をされてたんですかい」

三蔵の問いに、

「いや、稽古ではない。曲斬りの工夫《くふう》をしていたのだ。団栗がなくなってきたし、いつも同じものを斬るのも面白くなかろう。初めて見る者ばかりではないからな」

「まあ、そうでやすね。今度はなにを斬るのか、楽しみにしている者もいるでしょうから。で、なにかいいものでも見つかりましたか」

「それが、どうもいいものが思い浮かばんのだ。まあ、今日のところは、この酒を呑んだら寝てしまおうと思っておる」

旨《うま》そうに、湯飲みの酒を一口呑んだ。


翌朝早く、陣九郎は、腹が空いて目が覚めた。

結局、酒の肴に干し芋を食べただけで、ほかにまともなものは腹に入っていないのである。

まだ米は少しある。顔を洗って、飯を炊《た》いていると、納豆売りの金八が現れた。

「旦那、はいよっ」

ただで納豆を置いていってくれる朝がたまにある。

「おお、助かるな」

これで、飯に湯をぶっかけるだけの朝餉ではなく、納豆という贅沢なものがついたので、ほくほく顔である。

腹がくちくなると、早速、武家屋敷の探索に出かけることにした。

二人の武士がどこの藩の者かをまず突き止めなくてはならない。

三蔵はまだ寝ているようだ。

陣九郎は、ひとりで長屋を出ると、武家屋敷へ向かって歩いていった。

武家屋敷の海鼠塀《なまこべい》に両端を囲まれた一ツ目通りを歩いていくと、左に広大な御竹蔵《おたけぐら》が広がっている。

御竹蔵というが、いまは御米蔵《おこめぐら》である。元は御材木蔵だったのが、享保《きようほう》十九年（一七三四）に猿江《さるえ》に移され、そのあとに御米蔵になった。

御竹蔵は大川に面していない側は、幅一間半（約二・七メートル）ほどの大きな溝《どぶ》に囲まれており、陣九郎は、その溝に沿って北へと歩いていた。

御材木蔵だったときの名残《なごり》なのか、雑木林や竹藪の中に、米の蔵が建っていた。

陣九郎の歩いている道は、夜といわず昼間でも、ずいぶんと寂しい道である。

やがて、右側の武家屋敷の連《つら》なりがいったん途切れ、南割下水《みなみわりげすい》が流れている箇所《かしょ》に行き当たった。

南割下水は、御竹蔵の南から水を引き、横川《よこがわ》を経《へ》て横十間川《よこじつけんがわ》まで流れている。長さは、十五町（約一・六キロメートル）余りもあろうか。

道の真ん中を流れており、道を真っ二つにしているので、割下水と名付けられているそうだ。

普通、割下水といえば、この南割下水を指す。

横川のほうへ二十間ほど流れた辺りに、人だかりがして騒々《そうぞう》しい。

武家屋敷から、武士や中間が出てきているようで、大部分は野次馬のようだ。

陣九郎も気になって、人だかりのほうへと近づいていった。

騒々しさがなければ、朝陽が割下水の水に照り返り、蛙がぽちゃんと跳ねているさまは、ずいぶんと長閑《のどか》であったはずだ。

「こいつはひどいな」

「袈裟懸けに一太刀だ。相当な腕前の者の仕業《しわざ》だな」

漏れ聞こえてくる声の様子では、どうやら誰かが斬られているらしい。

「こっちは、首を一太刀で斬られているぞ」

斬られたのはひとりではないらしい。

近づいてくる浪人者の陣九郎に、不審な目を向ける者もあったが、気にせずに、陣九郎は、人の背中越しに覗き込んだ。

すると……。

武士が二人、割下水の中に半ば沈んでいたのである。

ひとりは、仰向けに浮いており、目を飛び出さんばかりに見開き、恐怖に凍りついた表情のまま死んでいた。

その顔には見覚えがあった。

からけつ長屋を襲い、お悠を探していた二人の武士のひとりである。

(角之助……たしか、進藤角之助といったな)

もうひとりは、うつ伏せである。首がざっくりと斬られており、胴体から離れそうだが、皮一枚でつながっている。

皮一枚でつながった首が、ぷかぷかと水にたゆたうように動いているさまは、奇妙な眺めだった。

血は流れつくしているようで、割下水の流れに濁りはない。

うつ伏せなので顔は分からなかったが、前方に投げ出すように浮いている右手の指に晒が巻いてあった。あきらかに、二本の指がないのが分かる。

(治五郎か……前田治五郎)

陣九郎は、瞑目《めいもく》し手を合わせた。

二人の入っていったという屋敷を確かめようと踵を返したとき、どやどやと何人もの武士や中間が、割下水の道に入ってきた。

「この者たちは、わが藩の者である。骸《むくろ》を運ぶので、離れていただきたい」

先頭の武士が、人だかりに向かって声を上げた。

散り散りになる野次馬たちに混じって、陣九郎も歩きだす。

「あれは、越後《えちご》の助山《すけやま》藩の者だな」

「藩内で争いでもあるのかな」

「さあ……役人が来る前に間に合って安堵していることだろうよ」

野次馬の武士たちの話し声が陣九郎の耳に聞こえてきた。

死骸《しがい》を藩の屋敷に運び込んでしまえば、あとはどのようにでも言い訳が出来ようというものだ。

陣九郎は、石原町に向かって歩いていく。

やがて、二つの筵を担いだ中間たちと武士が、小走りになって、陣九郎を追い越していった。

石原町近くの武家屋敷に、彼らが入っていくのを見ることが出来た。

そして、武家屋敷の前を通りすぎたとき、門の端の土に、半分ほど埋まった弥次郎兵衛があるのを陣九郎は目でしっかりとたしかめていた。

第三章　襲撃の夜

一

「木暮陣九郎を如何《いかが》いたしましょう」

勘助が、涌井に訊いた。

そこは、周囲を竹藪に囲まれた隠居屋敷である。

涌井は落ち窪《くぼ》んだ眼窩《がんか》の目を光らせ、

「もう十年経《た》つか。忘れておったようなものだが、この江戸におるとなると、ふつふつとあ奴を葬《ほうむ》りたい思いが膨らんできおったわ」

「では、すぐにでも刺客を……」

「まあ待て。おぬしが見た様子では、わしらのことは勘づいておらぬ。すぐには逃げぬだろう。そんじょそこらの食い詰めた浪人を雇《やと》ってしくじったら元も子もない。確実に仕留めたいものだ」

「では、国許から」

「うむ。弦幽斎《げんゆうさい》なら、木暮を斬り捨てることができよう」

「早速、呼び寄せましょう」

「そうしてくれ」

勘助が去ると、涌井はじっと目を閉じていたが、しばらくして、

「一馬《かずま》、仇は討ってやるぞ」

ぽつりと呟いた。

まぶたを開くと、その目にはめらめらと憎悪の炎が燃え盛っていた。


本所の南割下水から帰った陣九郎は、三蔵がいないことに気づいた。

まだ昼前である。八卦見をするには、早すぎるだろう。

(もしや、お悠のところへ……)

そんな気がした。三蔵は、お悠が気になって仕方ないのではないか……。

陣九郎は、お悠が奥女中をしていたという越後の助山藩の中で、なにが起こっているのかを探ろうと思った。

訳が分からないままに、お悠を匿ったのだが、そのために二人の武士と関わりを持

ち、その二人がいましがた斬られて死んでいるのを見た。

ある程度のことが分かるまでは、お悠の居場所は絶対に知られたくはない。それには、なるべく覚心寺に近づかないほうがよいと思う。

三蔵が、お悠会いたさに、勝手に覚心寺へ行かれては困るのだ。

（まあ、覚心寺に行ったと決まったわけではない。俺の杞憂《きゆう》だとよいのだが）

陣九郎は、あまり思案しすぎるのを止めようと思った。

だが、しかし三蔵はやはり覚心寺へと行っていたのである。

一目、お悠の顔を見たら、この波立つ気持ちが収まるのではないかと思うと、三蔵は居ても立っても居られなくなった。

それでも、尾けている者がいたらという恐れを感じ、何度もあちこち迂回《うかい》しながら、いきなり駆け出し、角を曲がってしばし待つ、などということをした。

そうこうして、ようやく昼下がりになって覚心寺にたどり着いたのであった。

「これはこれは、三蔵さんでしたね。娘さんのお見舞いですか」

丁度、庫裡から出てきた慈念が三蔵に目を止めた。

「は、はあ……」

どぎまぎしてうなずくことしか出来ない。

「お若いですからね。もう元気におなりになりましたよ。ですが……」

「な、なんですか」

「まだなにも思い出さないようでして。こちらのほうは、すぐに元に戻るというわけにはいかないようです」

「そうですか……」

「とにかくお入りなさい。娘さんも喜ぶでしょう。三蔵さんに会いたがっていましたよ」

「ほ、本当ですか！」

三蔵は思わず喜びに顔が崩れたが、すぐに自分に会いたいというのは、助けた者への世辞のようなものだろうと思い直す。

だが、慈念の言ったとおり、庫裡の中のお悠のいる部屋へ入ると、お悠は、明るい笑顔で迎えてくれた。

お悠は、体が元気になると、生きていることのありがたさをかみしめているようであった。

「こうしていられるのも、河原で倒れていたところを三蔵さんに助けていただいたからです」

両手をついて、深々と頭を下げる。

「い、いや……そんな、とんでもない。あたしは、当たり前のことをしただけですよ。頭を上げてください」

あたふたとする三蔵に、頭を上げたお悠がにこやかに笑う。

その綺麗な顔がほころぶのを見ているだけで、三蔵は幸せな気分になれた。

「あ……あの、いい天気ですな。に、庭も綺麗だ」

庫裡から見える覚心寺の庭では、淡い桃色をした蓮華草《れんげそう》や花梨《かりん》の花が咲き誇っており、甘い香りが漂《ただよ》っている。

どこかで山雀《やまがら》の鳴く声がした。

「ええ、本当ですね。こうして、お庭を眺めていると、飛んでくる鳥や、地を這っている虫、花や草までもが、いとおしく思えてくるんです」

お悠は、生きていることのありがたさを嚙みしめているようだったが、

「私、なんだか馬鹿げたことをお話ししているような気がしますわ」

三蔵を見てクスッと笑った。

「そ、そんなことはありませんよ。お、お悠さんはきっと優しいお人なんですよ。だから、鳥や花や虫までもが、いとおしく思えるんです」

三蔵は、思ったとおりの言葉がすらすらと口をついて出てくるのに、自分でも驚いていた。

「だといいのですけど。私、本当に優しい女だったのかどうか……」

お悠の顔に翳《かげ》が差す。

「優しいお人だったに違いありません」

三蔵は、勢いこんで断言する。

お悠は、三蔵の顔を見て、

「三蔵さんこそ、優しいお方なのですね」

にっこりと微笑《ほほえ》んだ。

「え……そ、そんなことはありませんですよ。あはは……」

なんだか分からないが、三蔵は体が熱くなり、まだ晩春だというのに、真夏のように汗が流れ出した。

そして、気がつくと、夕暮れの中、覚心寺をあとに帰途に着いていた。

ふわふわと宙に浮いているような気分である。

（なんとも、天女のようなお人だなあ……）

お悠の笑顔ばかりが頭の中に満ち、三蔵はにやにやとしながら歩いていた。

道行く者たちが、三蔵の顔を気味悪そうに見ていることには、まったく気がついていない。

だが、ひとり、三蔵の顔を見て、おやっという表情をした者があった。

どこかの手代のようであるが、その目は鋭い光を帯びている。

ふらふら歩く三蔵のあとを、その男は尾け始めた。

三蔵が弥勒寺《みろくじ》橋を渡ったときである。

「ちょいと兄さん」

後ろから声をかけられた。

「なんですかい……」

振り向いたときには、目の前が暗くなっていた。

素早く近づいた男が、三蔵に当て身を食らわしたのである。

「おっと、兄さん、気分が悪いのかい。しょうがねえなあ、ほらおぶってやるよ」

男は、あっという間に三蔵を背負うと、

「なんだ、眠っちまったのかい」

呆れた声を出して歩きだした。

通りすぎる誰もが、三蔵が当て身を食らって気を失っているとは思いもしなかったのである。

男は三蔵を背負ったまま、かなりの速さで歩いていく。陽は落ちようとしており、辺りには夕暮れの気配が濃密に漂いだしていた。

二

目を覚ました三蔵の目に、まず飛び込んできたのは、行灯の明かりだった。

（あらら、寝込んじまったか……）

と思ったのも束《つか》の間、そこが自分の長屋でないことに気がついた。

（こ、ここはどこだ……）

あわてて起き上がろうとしたが、体が動かない。いや、力は入るのだが、動きを封じられているのである。

「う、うう……」

言葉を発しようとしても、それも出来ない。目が覚めたときから感じていた、口の辺りの妙な感じが、猿ぐつわを嚙まされているからだと分かった。

そして、体はなにかでがんじがらめに縛られているに違いないと思う。

「おや、気がついたか」

不意に男の顔が、目の前を塞《ふさ》いだ。

上から覗き込んでいるので、顔は逆さまである。

「う、う、う……」

お前は誰だ！　俺になにをした！……と、三蔵は叫びたかったが声にならない。

逆さまになった顔が目の前から退いた。

すると、体が持ち上げられ、頭の後ろと背中が硬いものに叩きつけられた。

乱暴に、壁に寄り掛かる格好にさせられたのだった。

足は前にまっすぐ投げ出した状態で、足首が縄で縛られているのが見えた。

そこは、行灯の明かりがあるだけで、外から光は入ってはこない。

（もう夜なのか……）

どのくらい気を失っていたのか分からないのだ。

辺りを見まわすと、どうやらあまり広くはない部屋で、畳の上に綿埃《わたぼこり》が動くのが見える。

男は、三蔵に顔が見えるように少し離れた。

「俺のことを覚えているかい」

見れば、歳のころは二十五、六で、商家の手代風である。中肉中背で、顔も姿もどこといって特徴がないが、鼻の脇に黒子《ほくろ》が目立つ。

三蔵には見覚えはなく、首を横に振った。

「まあな、夜中で頭巾を被っていたもんな。覚えているわけがない」

にやりと笑う。

三蔵は、その言葉にはっとした。

それが顔に表れたのだろう。男は、

「分かったようだな。あのときは、侍の野郎に不覚を取ったがな。今度は、俺が奴に勝ってやる」

自信ありげに言った。

昨日の早朝、二ツ目之橋の袂に潜み、いきなり襲いかかってきた黒装束の男だったのである。

「う……う、うがうが」

「ちっ、なにを言ってやがるのか分からねえが……まあ、俺に勝ち目はねえとかなんとかほざいてんだろうぜ」

男は、苦笑いしつつ近づいてくると、

「それが間違いだってことを、お前に見せてやりたいんだがな……場合によっちゃあ、そんとき、お前が見ることは出来ねえかもしれねえな」

思わせぶりなことを囁《ささや》くような声で言った。

(な、なんだ、なんだ……)

三蔵は、全身にじっとりと汗が湧き出てくるのを感じた。

「もう分かってるんだろ。お前の命がなくなっているかもしれねえってことだ」

さらに耳元に口を寄せて囁く。

三蔵は、脅しだと分かっているが、文字通り手も足も出ず、口も利《き》けない状態では、どうしようもなく恐かった。

「お前が、生き残るにはどうすればよいか……それは簡単なことだ」

男は、お悠のいる場所を話せば、あとで縄を解いてやると言った。

「どうだ。話す気になったかい。なったら首を縦に振れ」

三蔵は、一瞬硬直したように動かなかったが、

「こら、早くしろ」

男に頭を小突かれると、弱々しく首を横に振った。

「な、なんだ、お前は。命が惜《お》しくないとは、妙な奴だな」

男は、怒るより前に呆気に取られたようで、

「お悠とお前は、赤の他人で、一昨日《おととい》の夜に初めて会ったのじゃなかったか。なぜ、言わねえんだよ」

しきりに首をかしげる。

すると、三蔵は、今度は首を大きく縦に振った。

「おっと、そうこなくっちゃな。話す気になったかよ」

男が嬉しそうな声を上げると、三蔵は首を横に激しく振った。

「な、なんなんだ、お前は。どっちなのかはっきりしろ」

パシッと音がした。三蔵の頭を男が手の平ではたいたのである。

「う、う、う……」

三蔵は、しきりになにか言いたそうに呻いた。

「言っておくが、大声を出したって、誰にも聞こえねえよ。ただ、うるさいのは俺が嫌なんだよ」

男は顔をしかめると、三蔵に、叫ぶなよと言った。

三蔵は、何度もうなずく。

それを見て、男は三蔵の猿ぐつわを外した。

ふうっと大きく息をつくと、三蔵は、

「あ、あたしは命が惜しいですよ。しかも、お悠……あの女とは、あんたも言ったとおり、昨日の夜に、人助けだと思って長屋に連れてきただけの掛かり合いだ。命を捨てるほどの義理はないんですよ」

口を利けなかったからか、堰《せき》を切ったように話した。

「なら、居場所は言えるんだな」

「いいえ、それは……」

「なんだとこら！」

男が、今度は拳で三蔵を殴ろうとする。

「ま、待ってくださいよ。居場所を言いたいのは山々なんですがね。あたしは知らないんですよ。木暮さまが、俺にまかせろって言うもんだから……」

その言葉に甘えたのだと、三蔵は言った。

「すると、やはり知らねえってわけかい」

男の言葉に、三蔵はうなずいた。

「にわかには信じられねえな。どこに匿ったか、あの侍がお前に教えてるんじゃねえのかよ」

「そんなことはありませんよ。あたしも、どこに匿ったのかなんて訊きやしません。なまじ知ってたら、こんな目に遭ったときに話してしまうじゃありませんか」

三蔵は男を説得しようと必死になって言う。

だが、男がそれを信じたとしたら、三蔵の命が危ういことになるが、そこまで三蔵の頭はまわらなかった。

「ふん……筋がとおったことを言うじゃねえか。なら、お前に用はない」

このときになって、三蔵は自分がへまをしたことに気がついた。

懐から匕首《あいくち》を取り出した。

「わわ、い、命だけはお助けを！」

目を飛び出さんばかりに見開き、口から泡を飛ばした。

「どこに匿ったのか、見当くらいはついてんじゃねえのかい」

男は匕首を振りながら訊く。

「け、見当ですか……」

三蔵は、生まれてこのかた、これほどまでに頭を使ったことがないというほど、目まぐるしく頭をめぐらせた。

だが、その甲斐《かい》も虚しく、なんと答えればこの場をしのげるか、よい案は浮かんでこない。

「どうだ、あの侍がお悠を匿うとしたら、どこだ」

男の持った匕首が、三蔵につきつけられた。

「そ、それは……」

焦れば焦るほど、頭は真っ白になっていく。

「どうやら、本当に知らねえらしいな」

このままでは殺されると、三蔵は思った。

一瞬、覚心寺のことを言おうと口が動きかけた。だが……。

（そ、それだけは出来ない。こんな野郎に、お悠さんの居場所を知られてなるもんか。せっかく助けたんだ。もう危ない目には遭わせたくない）

お悠の笑顔が目の前に見え、それが三蔵の支えとなった。

「死ね！」

男の声が聞こえたとき、三蔵はもう終わりだと覚悟した。

そして、目の前に火花が散ったかと思うと、暗闇の中へ落ちていった。

「痛えな……」

男は、拳に息を吹きかけた。

拳で、三蔵の顎を思い切り殴りつけたのである。

「殺すのはもう少し先のことにしてやるぜ。その前に……」

男は、がっくりと首を垂れた三蔵の体をまさぐり始めた。


陽が落ちても三蔵が帰ってこないことに、陣九郎は気を揉《も》んでいた。

両国西広小路へいき、八卦見をしている者を軒並《のきな》み見て回ったが、その中に三蔵はいなかったのである。

(覚心寺へ行ってみるか……いや、なるべく近づかぬほうがよいだろう。行くとしても、昼間のほうがよい。夜では不自然すぎる)

迷いながらも、様子を見ることにした。

夕餉を済ませ、横になっていると、つい眠ってしまった。

かなり眠っていたろうか……長屋はすっかり寝静まっているようだが、部屋の外にふと人の気配を感じて目が覚めた。

張りつめた殺気のようなものが漂っている。

ほぼ同時に、コンコンと腰高障子をたたく音がした。

陣九郎は、起き上がり、いったん左手を懐に入れて出し、片膝をついて刀を手に取

ると、

「心張り棒はしていない。入ってよいぞ」

と、外に向かって言った。

ガラリと腰高障子が開き、顔を覗かせたのは、どことい って特徴のない顔。ただ、鼻の横に黒子が目立っている。

「おやおや、刀をいまにも抜こうって格好だな」

土間に入ると、陣九郎に言った。

「見たところ、商家の手代のようだが、それにしては、尋常《じんじよう》ならざる気配の消しかただ。いったい何者だ」

「ふふ。普通の商人でないと分かったか。なら話が早い」

男は、唇の端を歪《ゆが》めて笑うと、

「三蔵ってえ八卦見を捕まえたんだが、お悠の居場所は知らねえと言い張る。あんたがどこかに連れてっちまって知らねえとよ」

「そのとおりだ」

「だから、もう三蔵には用がない。首を掻っ切っちまおうと思ったが……」

「………」

陣九郎は、もしやとは思ったが、男のつぎの言葉を待った。

「あんたに教えてもらうにゃあ、三蔵の命と引き換えがいいと思ってな。というのも、お悠とあんたらには、あまり掛かり合いがねえはずだからな」

「お悠という女を引き渡しても、さほどの痛みはないと踏んだのか」

「まあ、そんなとこだ。で、どうだい。駆け引きはなしだ。居場所を教えてくれて、その場所にお悠がいれば、三蔵は助けてやるよ」

「本当に三蔵を捕まえているのか、さらに三蔵が生きている証《あかし》がなければ駄目だな。捕まえたというのが嘘かもしれぬし、本当だとしても、すでに殺しているのかもしれぬではないか」

陣九郎は、男の顔を睨みつけて言った。

「証か……そりゃあ無理だ。ここに生きている三蔵を連れてくるわけにはいかねえ。ただ、三蔵を捕まえているという証だけは持ってきた。生きているかどうかは、俺を信用してくれるしかねえな」

男は、懐に手を突っ込むと、取り出したものを陣九郎に放った。

飛んできたものを陣九郎は右手で摑む。

それは、大きな茄子《なす》の絵の描いてある手拭いだった。

陣九郎は、三蔵が懐から出して汗を拭いているのをよく見ている。しかも手拭いから漂ってくるのは、たしかに三蔵の汗の臭いだった。

三

「俺の仲間が三蔵を捕まえている。たしかにお悠を俺が取り戻したら、仲間に合図して、三蔵を放してやるよ」

男の言葉に、陣九郎は首をかしげ、

「合図とはどうやるのだ」

「そんなことはどうでもいいじゃねえか」

「合図をしたら、本当に三蔵を放すと約束するか」

「くどいぞ。俺は、駆け引きはなしだと言ったはずだ。俺の言うことを信じねえようなら、この話はなしだ。三蔵を殺すまでよ」

「ふうむ……」

陣九郎は、鼻の頭をぽりぽりとかきながら思案する。

「早く返事をしろ」

男が急《せ》かせると、

「おぬし、助山藩のなんなのだ。隠密《おんみつ》か？」

いきなり訊いた。

「そんなことはどうでもよい」

「よくはないぞ。助山藩の中では、なにが起こっているのだ。おぬしの命も危ないのではないのか」

「なにを言っているんだ」

「前田治五郎と進藤角之助が斬り殺されたのだ。あれはおぬしの仕業か」

陣九郎の言葉に、男は表情を変えなかったが、

「そんな名前の者は知らんぞ。どこの誰だ」

「助山藩の江戸詰の藩士だ。背の低いずんぐりしたのと、背の高い痩せたのだ。おぬしと同じく、お悠を追っていた連中だ。二人とも今朝、割下水に浮かんで死んでいたのを見た」

「な、なに……！」

男の顔に動揺が走る。

「おぬし、隠密のようではないな。かといって、藩士でもない。いったい、なんのた

めにお悠を探している?」

陣九郎の問いに、

「そ、そんなことはどうでもいい。ともかく、早くお悠の居場所を教えろ!」

男が、迷いを吹っ切るように怒鳴ったときである。

陣九郎の刀が一閃した。

ひそかに鯉口を切っていたのである。

だが、その一閃は、男に近づいてなされたものではない。立て膝のまま、その場を動かずに刀を振ったのである。

空を斬っただけかに思えたのだが……。

「わっ」

男は、目を押さえてよろめいた。

すかさず、陣九郎は跳躍《ちようやく》し、瞬時に男に迫った。

男の首筋に、陣九郎の返した刀の峰が打ち込まれ、男は気を失って倒れた。

土間の隅に転がった骰子を、陣九郎はつまみ上げた。

指に挟《はさ》んで回しながら見るが、どこも欠けていない。

陣九郎は、骰子を懐に入れた。

腰高障子がたたかれたとき、陣九郎は胸騒ぎを覚え、刀を使えないときのために、懐の骰子を左手の人差し指と中指に挟んでおいたのである。

そして、刀の鯉口を切っておき、男が怒鳴ったときに、骰子を人差し指で弾《はじ》いて宙に飛ばした。

つぎに抜刀した刀の鍔《つば》で、男の眉間に向けて、骰子をたたき飛ばした。

曲斬りの一種だが、刀の鍔を使ってものを器用に弾く技がある。それを応用したのであった。

いきなりの抜刀に身構えようとしたときに、眉間に鋭い直撃を受けて、男は隙だらけになってしまった。そこを襲ったのである。

陣九郎は、縄で男を縛り上げ、猿ぐつわをかませた。

(さて……このままではただの一時しのぎだ。一刻も早く、三蔵の捕らえられている場所を探さねばいかんぞ)

とはいっても、その場所の心当たりはまったくない。

仲間が三蔵を捕らえていると言ったが、それも本当かどうかは分からない。殺されていることもあり得るのだ。

そのような不たしかな状況で、男の言うことを信用し、お悠の居場所を話すわけにのである。

陣九郎が選択することとしては、男を昏倒《こんとう》させて動けなくさせるほかはなかったのである。

ほかに、男を騙《だま》して上手くことを運ぶ手だては思い浮かばなかった。

（こいつに吐かせるしかないな……）

だが、ひょっとして隠密だとしたら、いくら拷問《ごうもん》をしても白状するわけがない。そうした場合の訓練を受けているだろうし、舌をかみ切るか、それが出来ないのなら、ほかの方法で自害しようとするに違いない。

（実に厄介だな）

陣九郎は、男を見下ろしながら途方に暮れる思いがした。

膝をつくと、男の懐中を調べてみる。

男は最初に襲ってきたときには、黒装束で現れた。だから隠密ではないかと陣九郎は思っていたのだが、それらしきものは持っていなかった。

もっとも、手代風に扮装しているのだから、怪しまれるようなものは持っていないとも言えるのだが。

懐に入っていたのは、匕首と財布だけだった。

男の全身をくまなく探ってみるが、三蔵が捕らわれている場所の手がかりとなるようなものは一切なかった。

（やはり、責め苦を与えて吐かせるしかないか）

治五郎を脅したようには上手くいかないだろうと思ったが、ともかくやるしかないと思い定めた。

男に喝《かつ》を入れて、正気に戻そうとしたときである。

長屋の路地に、人が入り込んでくる気配がした。

九つ（深夜零時ごろ）に近い頃合いだ。しかも、ひとりではなく数人で、みな殺気を漲《みなぎ》らせている。

（一、二……四人か）

雪駄を履《は》き土間に降り立つと、陣九郎は外の気配を探った。

ひたひたと足音がして、三蔵の部屋の前で止まったように思えた。

腰高障子の開く音がした。

何も音はせずに、また腰高障子の音がした。三蔵がいないので閉めたのだろう。

足音は、陣九郎の部屋に迫ってくる。

相手が、三蔵と陣九郎の部屋をすでに知っていることに、陣九郎は驚いていた。

（そういえば、この男も迷わず俺のところへきたようだが……）

足音が部屋のすぐ前に達する前に、陣九郎は自ら勢いよく腰高障子を開けた。

そのまま飛び出ると、木戸に向かって駆け出した。

空にかかった月は、あいにくと薄雲がかかり、辺りはぼんやりとしか見えないが、それでも四人の者たちが、袴を穿《は》いた武士であることが分かった。

無言で、陣九郎を追ってくる。

木戸の潜り戸は開けられており、おそらく木戸番を脅して開けさせたのだろう。木戸番小屋は、戸を閉めてひっそりとしている。

木戸番小屋と木戸を挟んで建っている自身番屋のほうはというと、行灯の明かりが漏れてはいるが、長屋の路地で起こっていることに気づいた様子はない。

陣九郎は、長屋で騒ぎを起こしたくはなかった。もし騒ぎを起こしたことを詮議《せんぎ》されると、お悠のことを話さねばならなくなるからである。

事情を知らない以上、なるべくお悠のことは漏らさないようにしたかった。

陣九郎にお悠を庇《かば》うだけの訳はない。だが、三蔵が一所懸命なのだ。その気持ちを裏切りたくはなかったのである。

陣九郎は、竪川に向かって駆けた。

広い場所を求めたのである。

火除《ひよ》け地よりは、竪川の河原のほうが近い。

河原に降り立つと、陣九郎は刀を抜いて追手がやってくるのを待った。

すぐに、四人の武士が河原に降り立ち、抜刀すると陣九郎を取り囲んだ。

「おぬしら、助山藩の者たちだな」

陣九郎の言葉に、四人の武士たちの間に動揺が走る。

「な、なぜそう思うのだ」

ひとりが思わず訊き、ほかの者らに、黙っていろと非難の目を向けられた。

「前田治五郎と進藤角之助が、助山藩の江戸詰の藩士だと知っているからだ」

「な、なに⁉　やはり、二人を斬ったのはおぬしか！」

ほかのひとりがいきり立つ。

「待て。俺は、斬ってなどおらん。前田の指を二本、斬ってしまったが、それ以外は傷をつけてはおらんぞ」

「なら、誰が二人を斬ったというのか！」

「それは、俺にも分からんが……俺は、助山藩の者が斬ったような気がしたが」

「な、なにを、無礼なことを言うな！　我らが斬るわけがなかろう」

四人の武士は、じりっと間合いを詰めた。

「おぬしらが斬ったとは言っておらん。藩の中の誰かが斬ったのだろう。ああも見事にバッサリ出来るのは、そうたくさんはおらぬと思うが、どうだ」

「むむ……」

四人は、暗い中で顔を見合わせた。

「いまは、そんなことはどうでもよい。お悠の居場所を教えろ」

中でも、体つきのがっしりした男が言った。

「さきほどやってきた隠密のような男もそう言っていたが……」

「隠密？」

また動揺が四人の間で走る。

「いや、隠密のようだと思っただけで違うかもしれん。だが、お悠の行き先を知りたがっていたよ。教える代わりに、当て身を食らわせて転がしておいたがな」

「なんだか知らんが、ともかくお悠の居場所を教えるのだ」

「嫌だと言ったら」

「おぬしの命をもらう」

またもや、四人は陣九郎に対する間合いを詰めた。

四人は、本気で陣九郎を斬ろうとする殺気を放っていた。お悠の居場所を知るために、生かしておこうという配慮はなさそうである。

(おそらく俺が邪魔だと見ている。三蔵から訊きだせばよいと思っているに違いなかろう……)

四人の腕前は、治五郎と角之助よりは上のようである。これ以上、間合いを詰められると、陣九郎も刀を避けることが出来なくなる。

陣九郎は、刀を上段に振りかぶった。

四

上段に振りかぶった陣九郎に隙ありと見たか、ひとりが、

「いえいっ」

掛け声もろとも打ち込んできた。

陣九郎はその刀を素早く弾き流し、打ち込んできた武士と入れ代わりに、四人の輪の外に躍り出た。

一目散に河原を駆け出す。

「ま、待て！」
しばらく逃げるように見せかけて、いきなり足を止めて振り返る。
四人が少しずつ離れて追いかけてくる。武士たちの間隔は、実に好都合だった。
陣九郎は、刀の峰を返すと、追いかけてくる武士たちに向かっていった。
いきなり陣九郎が反転して向かってきたものだから、武士たちは一瞬怯んだ。
「たあーっ」
怯んでくれたおかげで、先頭の武士の首に一撃を浴びせるのは簡単だった。
二番手の武士の刀を弾き、これも腹に峰を打ち込んで昏倒させる。
残るはあと二人。
すでに怯んではおらず、立ち止まって構えている。
ギンッ！
陣九郎と相手の刀が火花を散らした。
さらにもうひとりが、陣九郎に襲いかかろうとして刀を振りかぶった。
振り下ろされる刀を、横っ飛びに躱して、陣九郎はごろりと一回転する。
立ち上がりざま、向かってくる相手に、刀で河原の土をはね上げた。
「ぐわっ」

顔面に土を浴びて、武士の動きが止まる。

陣九郎は、懐に飛び込むようにして、脾腹に拳をめり込ませた。

残るはひとりだ。

「うりゃうりゃ」

刀を青眼に構え、掛け声を上げて陣九郎を牽制《けんせい》する。

(道場での剣法そのものだ)

こうした相手には、道場では起こり得ぬ攻めをすればよいと分かっていた。

陣九郎は右手に刀を持つと、腰を落とし、左手を河原の地面に這わせた。

「りゃりゃりゃ」

武士は、陣九郎に打ち込もうとするが、妙な構えに慎重になっている。

陣九郎の左手が跳ね上がり、石が武士に飛ぶ。

「わわっ」

石を避けて、体が泳ぐ。

「それそれっ」

つぎつぎに陣九郎は、石を武士に向かって左手で投げた。

体で避け、刀で弾くが、いくつかの石が頭や肩に当たり、

「くっ、くそっ、卑怯だぞ」

武士が言った途端、陣九郎の刀が勢いよく武士の刀を弾いた。

手から刀が離れた武士は呆然としたのも束の間、当て身を食らって気を失ってしまった。

「卑怯でけっこう。まともに斬り合って殺生《せっしょう》するのは御免だ」

陣九郎は、言い捨てるとさっさと河原をあとにした。

（早く、あ奴に三蔵の捕らわれた場所を吐かせねばならぬ……）

心は逸《はや》っていた。


からけつ長屋のある路地に近づいたときである。

薄雲が月にかかっているので、辺りはぼんやりとしか見えないが、気配で前方から早足で近づいてくる者がいるのが分かった。

陣九郎は、思わず天水桶の陰に身を潜める。

早足の主は、天水桶の横を通りすぎて行った。

「畜生、ついてないぜ……」

ぶつぶつとつぶやいている。

おそらく、博打で負けがこんで、いたたまれずに博打場から退散したのだろう。

（なにも隠れることはなかったか。立てつづけに剣呑な目に遭っているので、いささか過敏になっているようだ）

苦笑いしたときである。またも、人の気配がした。

天水桶の陰から覗いてみると、長屋の木戸を潜ってひとりの男が出てくるところだった。

その姿が、陣九郎には、隠密と思われた男に似ている気がした。

男は辺りをうかがうと、音を立てずに歩いてくる。

気配を殺し、陣九郎は天水桶の陰から、男が通り過ぎるのを待った。

やがて、男は目の前を歩き過ぎていった。

はっきりとは見えなかったが、三蔵を捕らえたと言って脅した男に間違いないと思えた。

（あの縄をひとりで解くことが出来たのか……いや、それは無理だ。では、なぜ出てきているのだ。誰か助ける者でもいたのか……）

しきりに思案するが、分かるはずもない。

陣九郎は、男の姿が見えぬか見えないかの間合いで、天水桶の陰から出てきた。気配を殺し、音を立てずに男のあとを尾けていく。

男は二ッ目之橋を渡った。

陣九郎は、橋を渡る前に、四人の武士が倒れているはずの河原に目をやった。

のろのろと立ち上がるのが見えた。ようやく、いま気づき始めたようである。

男は、橋を渡り終えると左に曲がり、林《はやし》町の路地の中へと入っていった。

しばらくすると、雑草が生い茂り、欠けた墓石の群れが見える場所に、男が入っていった。雑草の向こうに、古ぼけた寺のお堂が見える。

どうやら破れ寺のようである。

お堂の隣に庫裡があった。庫裡も古ぼけており、無人のようだ。

男はその中へと、吸い込まれるように入っていった。

陣九郎は、庫裡の入り口から中の様子をうかがった。

話し声が聞こえるが、なんと言っているのか分からない。

庫裡の戸は壊れており、開けっ放しになっている。

陣九郎は、話し声の聞こえる場所へと、音を立てずにゆっくりと歩いていった。

すると、話し声が大きくなるにつれ、なにを言っているのか分かるようになった。

一方的に男が話しているようで、相手の声は聞こえてはこない。

「さて、お前をどうするかだよ。殺すのはたやすいが、まだ役に立ちそうな気がしないでもない。あいつは、お前を見捨てないようだからな」

語りかけている中身から、相手は三蔵だと陣九郎には思えた。

部屋の中からは、行灯の明かりが漏れてきている。

入り口の障子は開いたままだ。

覗いてみると、向こう側にいる三蔵に向かって語りかける男の背中が見えた。

陣九郎は、部屋の中に飛び込むように入ると、男の背に向かった。

「な、なに!」

男が振り向いたときに、陣九郎が抜刀し峰に返した刀が襲いかかった。

首筋に一撃を浴びて、男は崩れるように倒れ伏した。

その向こうには、縄で縛られ、猿ぐつわをかまされた三蔵が壁に身をもたせ掛けて座っていた。

「ふがふが……」

三蔵は、助かった安堵と喜びで、涙目になって呻《うめ》いている。

男を三蔵と同じように縄で縛ると、猿ぐつわは嚙ませないで喝を入れた。

「う……ん」

男は呻いて目を開けた。

「おい。この野郎、ひどい目に遭わせやがって」

三蔵が、男の頭を拳で小突いた。

男は、目をしばたたき、縄で縛られたことに気づくと、チッと舌打ちした。

「おぬし、名前はなんというのだ。名無しの権兵衛《ごんべえ》では、この先、葬ってやるときに不憫《ふびん》だからな。それとも、隠密だとでもいうのか」

陣九郎の言葉に、

「隠密ってのは、名前がないんですか」

三蔵が訊く。

「そんなことはあるまいが、名乗らないのではないか。闇に生きる者だからな。まあ、俺も詳しくは知らぬが」

「闇ねえ……なら、どこに埋めてもいいってわけですね」

三蔵が事もなげに言うのへ、

「お、おい、待て、こら。俺は隠密なんてもんじゃねえ。桑吉《くわきち》ってえ名前だってあらあな」

男は口を尖《とが》らして主張した。

「桑吉か。それにしては、橋の袂から飛び出てきたときは黒装束だったな」

陣九郎は、見事に気配を消していたではないかとも言った。

「そりゃあ、俺は腕のいい盗人《ぬすっと》だからよ。剣術だって、相当なものだぜ。お前とだって、ちゃんと戦えば勝つ自信はあらあな」

橋の袂に潜んでいたときは、長い間じっとしていたので、体の動きが悪かったのだし、さきほどは不意打ちを食らったから不覚を取ったのだと言い張る。

「相当な腕前だということか……だとすると、斬り合う羽目になったら厄介だな。ここは死んでもらうのがよいか」

陣九郎があっさり言う。

「な、なんだよ。正直に名前まで話しただろうが。こうなりゃ、なんでも話すぜ。だから、命は助けてくれ」

桑吉のほうも、なんともあっさりしたものである。

「なに言ってやがる。あたしを殺そうとしたくせに。無事にお前を解き放つわけがないじゃないか」

三蔵が、口から泡を飛ばした。

「あれは脅しただけだ。だから、あんたはちゃんと生きてるじゃねえか」

「口の減らない奴だな。あたしを思い切り殴りやがって、まだ頭がふらつくよ」

三蔵は、桑吉を睨みつけた。

桑吉は三蔵から目を逸らす。

「まあ、なんでも話すと言っているのだ。ともかく聞いてみようではないか。それが本当だと思ったら、放してやってもよいぞ」

「甘いなあ、木暮の旦那は……」

三蔵が顔をしかめるが、

「桑吉と言ったな。盗人だそうだが、おぬしは、なんのために誰の指図《さしず》でお悠を追っているのだ」

陣九郎は、桑吉に訊いた。

「俺はよ、さる大店の旦那に、お悠って女を……その、なんだ、連れてきてくれたら、二十両やるって言われたのよ」

「二十両！」

三蔵が、素《す》っ頓狂《とんきょう》な声を上げる。

「さる大店ではいかんな。どこのなんという商家なのだ」

陣九郎の言葉に、桑吉は観念したような顔になり、

「分かったよ。日本橋は堀留町《ほりどめ》の廻船問屋、増田屋《ますだ》だ。増田屋の主人の惣右衛門《そうえもん》に頼まれたのさ、二十両でな」

「その理由は」

「そんなことは知らねえ。下手に知ると、こっちも口封じに殺されかねねえから、なにも聞いてねえよ」

「嘘をつくなよ」

三蔵が、桑吉の頭をまた小突く。

「それは本当かもしれない。刺客にいちいち訳を話す必要はない。金さえ払えばよいのだ」

「で、でも、こいつは連れてこいと頼まれたって言ってましたが、殺すとまでは」

「それこそ嘘だろう。殺すために探していたと言ってしまっては、俺やおぬしの気分を害する。助かりたいので、命令されたことを言い換えたのさ」

「お、おい、なんでも分かっているようなことを言うな。俺は、本当に連れてこいって頼まれたんだよ」

桑吉は、必死に言い募《つの》るが、

「うるさい。あたしを殺そうとしてたのは間違いないから、お悠さんだって、殺そうとしてたんだよ」

三蔵に遮《さえぎ》られた。

「ところで、俺が縛った縄をどうやって解《ほど》いたんだ。そうたやすく解けるとは思えぬのだが」

陣九郎は、妙に思っていたことを訊いた。

「解いてくれた人がいたんだよ」

桑吉の言葉に、陣九郎と三蔵は顔を見合わせた。

「からけつ長屋の奴らは莫迦だからな。人助けのつもりで解いてやったのかね」

三蔵が首をかしげながら言う。

「どんな男だったのだ。いや、女なのかもしれぬが」

陣九郎の問いに、

「男だよ。あんたと同じ浪人だ」

「なに！」

「袴田さまが……」

またも、陣九郎と三蔵は、驚いた顔を見合わせた。

からけつ長屋には、陣九郎のほかに浪人といえば、袴田弦次郎しかいない。

「念のために訊くが、その浪人はどんな男だった」

陣九郎の問いに、

「色の白い浪人だったな。目がつってて狐顔だな、ありゃ」

「袴田さまに間違いねえや。しかしなんでだ」

三蔵が首をひねる。

「縄を解くときに、なにか言っていたのか」

「まず猿ぐつわを外してくれたんだが、そのときに、なんで縛られてるのか訊かれたのさ。だから話したよ。女を探して、居場所を訊きにきたら、こんな目に遭っちまったとな」

すると、袴田弦次郎は縄を解いてくれたのだそうだ。

「礼を言って長屋から退散しようとしたらさ、いくらか置いてけと言うんで」

縄を解いてくれた礼として、懐から二朱渡したのだという。

「なんてえお人だ」

三蔵が呆れた声を出す。

「だが、そのおかげで、俺はここまでこの桑吉を尾けて来られたのだ。尾けられている恐れも感じてなかったようなのは、武士たちに襲われたと、袴田が言ったせいなのかな」

「ああ、いくらなんでも、四人の武士と戦ったら、殺されてると思うわな」

袴田は、武士が四人いたと言ったのだから、見ていたことになる。

「もし、袴田どのが縄を解いてなかったら、縛ったこいつを吐かせるのは、骨が折れたことだろうな」

陣九郎の言葉に、

「そりゃあ、口なんか割らねえよ。畜生めが」

桑吉は、悔しそうに顔をゆがめる。

陣九郎は、深夜に歩いてきた博打うちにも感謝しなくてはと思った。

あの男がやってきたので天水桶の陰に隠れて気配を消していたのである。そうでなければ、木戸口で桑吉と出くわしていたことだろう。桑吉をもう一度捕らえて、三蔵の監禁場所を吐かせるのは一苦労だったはずだ。

それにしても、

（袴田弦次郎か……）

陣九郎は、改めて袴田の得体の知れなさを思い出した。

同じ長屋に住む浪人同士なのだが、親しく話したことはない。いつも部屋に籠もっていて、たまに出くわすと挨拶を交わす程度だ。もとは、三河《みかわ》の藩の江戸詰だったと大家から聞いたことがあり、いまは用心棒でたつきを立てているそうだが、それ以上のことはよく分からない。

(此度《こたび》のことは、上手くいったが、勝手になにかされるとまずいこともある。ひとこと釘《くぎ》を刺しておいたほうがよいだろう)

陣九郎は、袴田の白い狐顔を思い浮かべていた。

五

桑吉をどうするかだが、とりあえず、その夜だけは、破れ寺の庫裡の中で寝かせておくことにした。

「おい、垂れ流しかよ」

桑吉が血相を変えて怒鳴る。

とりあえず、いったん足の縄だけ解いて、小用だけはさせておいた。

足を縛り直し、

「まだ命が無事なだけありがたく思えよ。あとは、垂れ流していいぞ」

三蔵が言い捨て、庫裡をあとにした。

晩春の夜は少し冷えはするが、たいしたことはない。

陣九郎が撃退した武士四人は、また襲ってくることはあるまいが、三蔵のことが気がかりだ。

三蔵を陣九郎の部屋に呼び、二人でごろ寝をすることにした。

そして、朝が過ぎ、昼になるまで、二人は眠りつづけていた。

昼過ぎに起き出した二人は、顔を洗うと、なけなしの米を炊き、香の物だけで昼餉とした。

「あの桑吉って野郎、どうしましょう。縄を解いて放したら、またなにするか分かりゃしませんよ」

「そうだなあ……困ったものだなあ……」

陣九郎は鷹揚《おうよう》な口調で応えると、沢庵《たくあん》をぱりぱりと噛んだ。

「あのね……木暮の旦那は、はっとするほど厳しい顔のときがあるけど、そうやってのんべんだらりとしていることのほうが多くはありませんかね」

　三蔵が眉をしかめる。

「好きでそうしているわけではないぞ。自然とそうなってしまうのだよ。……それで、なんだったかな」

「ですから、桑吉をどうするかですよ」

「そうだったな。おぬしを縛って捕らえた咎《とが》で番屋に連れていっても、いろいろ説明せねばならぬしなあ」

　そもそも、お悠が役人を嫌っているのが足かせとなっていた。

　それがなければ、すべてぶちまけて役人にまかせればよい。まかせてしまえば、肩の荷が下りるというものだ。

「桑吉は厄介な奴だな……おぬし殺せるか」

「め、滅相《めっそう》もない。そんなことは出来ませんよ」

　三蔵は、あわてて首を激しく横に振ると、

「木暮の旦那なら、人を斬り慣れてるんじゃないですか。なら、桑吉も……」

「斬り慣れているように見えるか」

「あ、いや、そうでもないような……あるような……よく分かりませんや。本当は、どうなんで。人を斬ったことはあるでしょう」

三蔵は興味津々の顔になる。

斬り慣れているかどうかよりも、そもそも人を斬ったことがあるのかないのか自体、初めて訊く。

「斬ったことはあるな。昔のことだが……」

陣九郎の頭には、噴水のような血飛沫《ちしぶき》と、倒れ臥《ふ》す若い武士の姿が浮かんだ。

（また、なぜあのときのことを……）

ほかにも人を斬ったことはある。だが、何度も思い出すのは、その若い武士を斬ったときの光景だ。

「なら、桑吉もばっさりと……」

三蔵は、刀を振る真似《まね》をした。

「おぬし、本気で言っているのか」

頭から血飛沫と倒れる武士を追い払って、陣九郎は訊く。

「いや、まあ……あたしの言うとおりに、木暮の旦那が桑吉を斬り殺したら……どうにも寝覚めが悪いような気がしますね」

「そうだろ。ということは決まりだな」

「縄を解いて、放してやるってわけですか」

「うむ。だが、もう俺たちやお悠にちょっかいを出すなと念を押す。もし、また同じようなことをしたら、今度は斬ると脅しておこう」

「そうですね、それしかないでしょう」

三蔵も納得した。

「だが、またおぬしを襲うかもしれぬぞ」

「うへえ、また恐いことを」

「だから、なるべく俺の近くにいたほうがよい。広小路での商売も、近くでやることにしようではないか」

陣九郎の申し出に、三蔵は一も二もなくうなずいた。


晩春の風は、生暖かくて心地よい。

だが、強く吹くと砂塵《さじん》が舞い上がり、目を開けていられないほどだ。

空はどんよりと曇っており、雲の流れは速い。そして、ときたま陽が差すこともあって、天気が目まぐるしく変化する。

天候がどうなるのか、予想のつかない波瀾《はらん》を含んだ空模様だ。

「あいつ、腹空かせてるでしょうねえ」

林町の破れ寺が近づいてくると、三蔵が意地悪そうな笑みを浮かべて言った。

「それよりも、小用をこらえているのじゃないか」

「漏らしてますよ、きっと。いひひひひ」

股間《こかん》を濡らしている桑吉を、思い切り莫迦に出来ると、三蔵は嬉しくてたまらないようだ。

「おい、桑吉をいじめるのもほどほどにしたほうがよいぞ。恨みを持たれると、あとが恐い」

「おっと、そうでしたね。あたしも旦那のような剣術の腕があったらなあ。恨んで襲ってきても、返り討ちにしてやるのになあ」

三蔵は、残念そうに溜め息をついた。

そうこうするうちに、雑草の生い茂る破れ寺の境内だった場所に、二人は足を踏み入れていた。強い風に草が激しくなぶられている。

桑吉を解き放ってから、二人で広小路へ行き、それぞれの商売をするつもりだったのである。

三蔵は、そのため八卦見の道具を抱えて持っており、陣九郎も筵と笊、曲斬りのための茶碗、骰子、少なくなった団栗などを入れた袋を持っていた。

庫裡の入り口は、昨夜と同じく開け放たれたままだ。

桑吉を転がしてある部屋へ入っていくと……。

「おや……」

そこに、桑吉の姿はなかった。

縛った縄が、刃物で斬られて落ちている。そして、斬られたのは、縄だけではなかったようだ。

落ちている縄と、そのまわりに、べったりと血溜まりがあったのである。

「ど、どうしたんでしょうね。桑吉の野郎は無事なんでしょうか……」

三蔵が青ざめた顔で訊く。

「この血が誰のものかだが……縄で縛られたままの桑吉が斬られたと見るのが順当だろう。だが、縄を斬って桑吉を助けた者が、桑吉に襲われたとも思えるが……」

陣九郎は、部屋の中を見まわした。

入ってきた入り口のほかは、押し入れがあるのみで、ほかの出入り口はない。

押し入れを開けてみるが、なにもない。

入り口まで血が付いていないか、注意して歩いてみる。

すると、やはりぽつんぽつんと血が滴《したた》った跡が、外までつづいていた。

だが、外に出てしまえば、あとは土に紛《まぎ》れて、血の跡が分からなくなってしまっていた。

「いったい、誰が……」

三蔵は、恐ろしくなったのか、小刻みに指が震えている。

「桑吉が、ここに縄で縛られていることをなぜ知ったのか……これは、顔見知りが来た場合だがな」

「たまたま庫裡に入ってきた乞食《こじき》かなにかが、桑吉の縄を解いたってこともありそうですね。血は、誤って手を傷つけただけかも……」

三蔵の言葉に、

「それにしては、血の量が多すぎる。まあ、怪我がひどかったのかもしれぬが」

陣九郎は、どっちつかずのことを言う。

「なんだか、どんどん剣呑なことになってませんか」

心細げな声で、三蔵は言った。

「うむ……ともかく、ここを出よう。いずれ、桑吉がどうなったか、分かるときがくるかもしれん」

陣九郎の言葉は、ほとんどときを待たずに本当のこととなった。

二人が破れ寺を出たころ、竪川の河口からほど近い尾上《おのえ》町の大川端に、死骸が上がったのである。

水を飲んではおらず、肩口から腰にかけて深い刀傷があった。

死んでから、重りをつけて大川に投げ込まれたようだったが、重りと死骸の縛り方が不十分だったために、重りが外れ、死骸が上がってきてしまったようである。

陣九郎と三蔵が両国西広小路へいくために、東広小路を通ったとき、死骸が上がったと話している声が聞こえた。

話の主は、いましがた通りがかって見てきたという。溺《おぼ》れ死んだのではなく、斬られて死んでいるとも。

その者に、死骸の上がった場所を訊き、陣九郎と三蔵は嫌な予感を抱きつつ、尾上町へと入っていった。

まだ野次馬が取り囲んでいるので、遠くからでも死骸があるのが分かった。

人垣をかき分けて、川から上がった死骸を見た。

ちょうど役人が死骸にかけられた筵をめくって検分しているところだった。

強い風が吹き、筵が死骸からはがれてしまいそうなほど、ぱたぱたと音を立ててめくれ上がっている。

陣九郎と三蔵は、青く血の気のない死骸の顔を見た。

三蔵の息を呑む音がした。

（やはり……）

死骸は桑吉だった。

（縛ったままにしておいたせいで、桑吉は斬られて死んだのか……）

陣九郎の心に苦い思いが広がっていった。

第四章　お悠《ゆう》の行方

一

船から荷揚げをしている人足たちは、強い風にあおられて難儀をしていた。

廻船問屋増田屋の主人である惣右衛門のことが気になり、陣九郎は堀留町までやってきていた。

桑吉にお悠を探して連れてこいと命じたのが、惣右衛門である。

惣右衛門の容姿は、陣九郎にくっついてきた三蔵が、近所の煙草屋《たばこ》で訊いてくれていた。

煙草屋には、自分は八卦見なのだがと打ち明けて、

「大きな店を営《いとな》むには、折々に大きな決断をしなくてはいけないときがありますね。そんなときの助けに、八卦を如何《いかが》かと売り込もうと思いまして」

三蔵の言葉に納得した煙草屋は、惣右衛門の容姿を教えてくれ、

「ご主人が私の店にくることはないけれど、使用人から聞いた話じゃあ、信心深そうじゃないし、気難しいようだよ。面倒だから売り込みなんか止めたほうがいいよ」

忠告もしてくれた。

人足たちの仕事を見ていても仕方ないので、増田屋の表にまわった。

惣右衛門を掠《さら》って、お悠のことを訊きだしたいところだが、そのような乱暴な真似が出来るかどうか心もとない。

増田屋の暖簾《のれん》を見ながら、切り上げて帰ろうかと思ったときである。

一丁の駕籠が店先に着き、中から恰幅《かっぷく》のよい男が出てきた。

いかにも仕立てのよい着物に、献上博多の帯を締めている。

「あれが惣右衛門ですよ」

三蔵が、陣九郎に耳打ちした。

頬の肉がいくぶん垂れ下がり、目もそれにつれて垂れ、その目の上の眉毛がいやに濃い。

煙草屋が教えてくれたとおりだった。

駕籠の後ろには、ひとりの浪人がついていた。おそらく用心棒だろう。

肌は浅黒く、中背でがっしりとした体軀をしており、細面の顔に目つきが鋭い。

浪人は、店から少し離れて立って見ている陣九郎と三蔵を、じろりと見た。

三蔵はあわてて目を逸らしたが、陣九郎は浪人に目礼した。軽く頭も下げる。

浪人は不審な顔をしたが、なにも言わずに目を逸らし、惣右衛門について店の中へと入っていった。

(かなり出来る……)

浪人の物腰に隙はまったくなく、相当の手練《てだれ》のようだと陣九郎は感じた。

もっとも、浪人のほうも陣九郎を見て、ただ者ではないと思ったに違いない。

それは、剣の修行に明け暮れた者だけにしか分からないことであり、三蔵は蚊帳《かや》の外だった。

「なんとか惣右衛門を問い詰めたいですがねえ……なんとかなりませんか」

三蔵が陣九郎にせがむように言う。

「難しいな。やはり、お悠にことの次第《しだい》を早く思い出してもらって、役人に言うのがよいのだがなあ」

「そりゃあそうですがね。いつになるか分かりませんよ」

「まあ、大体の見当はついてきたがな」

「へ? 見当というと、なぜお悠さんが狙われてるのかってこともですか」

「そいつを教えてくださいよ」

三蔵にせっつかれて、陣九郎は歩きながら話しだした。

「お悠を追っているのは、越後の助山藩だ。お悠は、助山藩の奥女中だと治五郎が言っておったな」

「そうですね。あの品のよさは、武家の女で奥女中だからなんですね……あたしなんかには不釣り合いだなあ」

「ん？　なにか言ったか」

「い、いえ……で、増田屋はどう関わっているんですか」

「廻船問屋だからな。助山藩とつながりがあるかもしれぬぞ。もしあったとして、それが表のつながりだけでなく、裏でもつながっていたとしたら……」

「裏ですか……ということは？」

「抜け荷かな」

「ぬ、抜け荷！」

「こら、声が大きい」

「す、すみません」

「憶測だがな」

三蔵は、焦って辺りを見まわした。

幸い、午後の忙しさで、辺りはせわしなく行き交う者ばかりで、三蔵の声を気に留める者はいないようだった。

「その抜け荷のことを、助山藩の上屋敷の奥女中お悠が知ってしまったとしたらどうだ。聞いても知らぬ振りをしていればよいが、気がかりになった藩の者が、お悠の口封じをしようとしたのかもしれぬ。あるいは、お悠はお上に訴え出ようとしたかだが……」

「でも、役人には言うなと」

「お上を怖がっているのだろうか。ということは……」

「……ど、どういうことになるんですかい」

三蔵は、陣九郎のつぎの言葉を固唾《かたず》を飲んで待った。

「さあて……なんでだろう」

陣九郎は、小首をかしげた。

「木暮さまにも分からないんじゃあ、どうしようもないですよ」

三蔵は、溜め息をつく。

「まあ、いまのは、俺の推量で、本当のところは違うのかもしれない」

結局、お悠が思い出してくれれば、ということに落ち着いた。

「お悠さん、思い出さないだけで、体のほうは元気になってましたよ」

「おぬし、勝手に見舞いにいったのだろう」

「あ……いや、すんません」

三蔵は、赤くなって頭をかいた。

「尾けられてお悠の居場所を知られたということはないだろうな」

「大丈夫だと思います。いくときは、用心に用心を重ねていきましたから」

「なら安心だな」

陣九郎の笑顔に、三蔵は叱られずに済んで安堵した。

「つぎにいくときは、いちおう俺に断ってからにしてくれ。おぬしのあとを尾けている者がいるかどうか、俺がたしかめる」

三蔵は、陣九郎の言葉にうなずいた。

長屋に戻った陣九郎は、ひとりで袴田弦次郎の元へといった。

声をかけると、弦次郎が白い顔をぬっと出した。

「ちとお訊きしたいことがあるのですが」

陣九郎の言葉に、弦次郎は外に出てくると、

「昨夜のことかな」

自ら切り出した。

「曲者《くせもの》を縛《しば》っていたのですが、どうやら袴田どのが解き放ってしまわれたようで。なぜ、そのようなことをなさったのかお訊きしたいのです」

「勝手におぬしの部屋に入って悪かったな。酒でも呑まないかと思って声をかけたのだが、応えはない。代わりに、呻き声がしたので、おぬしが倒れてるのではないかと案じたのだ」

それで中に入ってみると、縄で縛られた男がいた。

目で助けてくれと訴えるので、見て見ぬ振りは出来ずに猿ぐつわを解くと、なにも悪いことはしていないのに、こんな目に遭っている。助けてくれと泣きついてきた。

「どうしたものかと思ったのだがな。ちと哀れに思えて縄を解いてやった。もう木暮どのに迷惑をかけぬと約束させてのことだ」

「そうですか……袴田どのは、あの男に金をくれと言ったとか」

「あれは向こうから礼だと言って差し出されたのだ。金目当てで、あの男を助けたというのか。それは無礼というものではないか」

弦次郎は、気色《けしき》ばんだ。

「いや、金目当てだというつもりは毛頭ありません。気を損じられたら、まことに申し訳ないことです」

陣九郎は頭を下げた。

酒を呑もうと声をかけたなど、嘘としか思えない。いまだかつて、一度も酒を酌《く》み交わしたことはないのである。

まあ、百歩譲って、それが本当だとしても、桑吉の縛《いまし》めを解いたのが、哀れに思ってというのはまったく納得できなかった。

だが、狐のような白い顔を見ていると、問い詰めても無駄のような気がしてきた。これは金をもらえると思って、それを条件に解いたに違いない。それを認めさせても仕方ないと、陣九郎は諦めたのである。

それから数日。なにごとも起こらなかった。

からけつ長屋へは、お悠の居場所を知ろうという者は現れず、陣九郎と三蔵は、それぞれの仕事に勤《いそ》しんだ。

そのおかげで、なんとか食いつなげることが出来たのである。

そして、一度だけ、三蔵はお悠に会いにいった。

お悠は、床には就いておらず、庫裡の掃除をしていた。

元気ではあるが、やはりなにひとつ思い出せないでいる。

駿河《するが》の久住《くすみ》藩、釣瓶《つるべ》山の麓《ふもと》に小さな屋敷がある。

若い下男と女中、そして屋敷の主だけの所帯だ。

山に陽が落ちかかり、辺りを真紅に染めている。

女中が風呂を沸かしているのか、屋敷から煙がもくもくと立っていた。

「弦幽斎さま、江戸から文が届きました。涌井さまからです」

下男が、屋敷の奥まった部屋に声をかけた。

部屋から、真っ黒に日焼けし、総髪を束ねた中年の武士が出てきた。主の芝田弦幽斎である。

着流しの袖をたくし上げており、その腕は筋骨隆々としている。

「どれ、見せてみろ」

弦幽斎は、文を渡されると、ざっと目をとおし、

「江戸へ行くぞ」

「はっ。で、出立《しゅったつ》は」

「明朝だ」

弦幽斎は、今夜中に支度を整えるように下男に命じた。

そこは、剣の道を極めるために、弦幽斎が研鑽《けんさん》を積むために住む屋敷である。

手を入れていない山の中で、ましらのように弦幽斎は走り、跳び、剣を振るう毎日を送っている。

そのような暮らしが出来るのも、涌井帯刀《たてわき》のおかげだった。

好きなように剣術の稽古をしろと、暮らしに困らないだけの金を与えてくれているのである。

天下太平の世に、弦幽斎のように剣の道を極めるなどという者は、ずいぶんと変わっていた。それを援助しているのだから、涌井も相当の変人だと、藩の中では思われている。

だが、涌井には、いつか弦幽斎を使ってなし遂げたいことがあった。それは、弦幽斎も薄々は勘づいていたことだ。

（江戸で、わしの腕を試すときがきたというわけか……）

弦幽斎は、落ちかかる夕陽を見ながら、心を躍らせていた。

二

涌井帯刀は、以前は久住藩の江戸家老だった。

息子の涌井一馬が死んだという知らせを受け取ったのは、十年前の春だった。

一馬は斬られたのであり、斬ったのは馬廻り役の藩士、木暮陣九郎である。

一馬も刀を抜いて、陣九郎と剣を交えたというが、陣九郎は、剣の腕が立ち、剣術指南役から将来を嘱望《しょくぼう》されていた。そんな相手に勝てるわけがない。

「なぜだ。なぜ一馬が、一介《いっかい》の馬廻りなんぞに斬られなくてはならぬのだ」

死の伝えを聞いた直後、帯刀は呆然《ぼうぜん》とするとともに、憤怒にかられた。この憤怒は、なぜ斬られたのかを知ったあとも消えることはなかったのである。

十年前の春。

木暮陣九郎は、剣術の稽古を終えると、祝言《しゅうげん》を交わす約束になっていた志乃《しの》の元へと急いでいた。

前夜に、城下で志乃によく似合う簪《かんざし》を買い求めていたのだが、それを一刻も早く渡したかったのである。

志乃の嬉しがる顔を見たかったのだが、会いたいのは毎日であり、朝も昼も夜も、つまりいつでもであった。

陣九郎には、志乃に会う口実があれば、なんでもよかったのである。

志乃の父は、勘定方を勤めていた藤井宗一郎《ふじいそういちろう》で、母は江戸家老涌井帯刀の妹だった。

母は、志乃を産んでまもなく亡くなっており、父と娘だけの家である。

志乃は十七歳になっており、二十歳の陣九郎とは恋仲だった。

春の強い風が吹き渡っている。木々の枝はしなり、砂塵《さじん》が舞う。

志乃の家はもうすぐだと、陣九郎はさらに足を急がせた。

「お頼み申す」

門の外から声をかけたが、強い風に声がかき消され、中まで届いていないような気がした。

「どなたかおられませんか……志乃どの」

もう一度声をかけたが、下男も女中も出てこない。

「留守なのか……」

引き返そうかと思ったが、門に手をかけてみた。

すると、門はすっと開いた。閂《かんぬき》がかかっていなかったのである。

「門が開いておりましたぞ。物騒だと存じますが……」

陣九郎は、屋敷をうかがうが、人の出てくる気配はない。

（おかしいな。誰もいないのに、中に人のいるような気がするのだが……）

なぜか胸騒ぎを覚えて、陣九郎は、屋敷の玄関に手をかけた。

だが、こちらは中に心張り棒がしてあるのか動かなかった。

帰ろうかどうしようか迷ったが、心は波騒いでいる。

風がびゅうびゅうと吹いて、陣九郎の頰をなぶる。それが、心の波立ちをあおっているように感じられた。

建家をまわって、庭へ出てみようと陣九郎は思った。

いままでも、よく庭から屋敷に上がることがあった。女中が、

「志乃さまが、庭からお上がりくださいと仰ってますので」

と、告げてくれるのだ。

このときは、勝手に陣九郎は庭へ向かった。

庭には小さな池がある。建家の脇から、その池の水面が風にさざ波を立てているの

った。

　さらに庭に踏み込もうとしたとき……。

　庭に面した障子が開いており、そこからひとりの武士が縁石に足をかけたところだった。

（一馬どの……）

　額の広い利発そうな顔は、志乃の従兄《いとこ》、涌井一馬だった。

　陣九郎は、声をかけようとしたのだが、一馬は気がつかず、なぜかあわてた様子で、障子を開け放したまま、庭の塀の潜り戸へ走ると、外へ飛び出していった。

　陣九郎は、その様子を不審に思い、さらに言い様のない不安に襲われた。

　庭を突っ切り、縁石で雪駄を脱ぐのももどかしく、縁側から中へ入る。

「木暮です。勝手に入りますが……」

　声をかけながら、誰もいない部屋を通り、奥の部屋との襖《ふすま》を開けた。

が、まず目に入った。

「……！」

　陣九郎は、目の前の光景に息を飲んだ。

　信じられない思いに、ほんのしばしだが体が麻痺《まひ》して動けない。

「し、志乃どの……」

自分の体が自分のもののようでない、まるで夢の中を歩いているようなぎこちない動きで、陣九郎は前に進んだ。

そこに志乃がいた。

ただ、すでに志乃は、そこにいなかった。

志乃は、床の間の前で倒れていた。目は虚《うつ》ろで光を宿していない。

その体のまわりには血溜まりが広がっており、その首から血がまだ流れていた。

志乃の右手には、懐剣が握られており、自ら喉を切り裂いたことがうかがえる。

「な、なんで、このような……」

陣九郎は、ただそこに立ち尽くすほかはなかった。

夢であればよい。そう願い、目の前の光景を受け入れることが到底出来なかったのである。

頭が空白になっていたが、それは長くつづかなかった。

背後に強い殺気が押し寄せてきたからである。

剣客としての勘が、そのときの衝撃にも拘《かか》わらず働いた。

後ろを振り向くと、出ていったはずの涌井一馬が、部屋に入ったところで、刀を抜こうとしていたのである。

一馬は利発そうな顔をしているが、目に険がある。このときには、さらに目に狂気が宿っていた。

「うりゃあ」

一馬は、掛け声を上げて、抜いた刀で陣九郎に斬りつけた。

陣九郎は、このときのことをよく覚えていないのだが、体が自然と動き、刀を避けたようだ。

そして、陣九郎は瞬時に抜刀し、一馬の腹から肩にかけて斬り上げたのである。

「ぐふっ」

一馬は、血を吐きながら倒れ伏した。

陣九郎は、なぜ一馬を斬らねばならなかったのか、それもよく分からないまま、刀を捨てると、志乃の亡骸《なきがら》のそばに膝まずいた。

「志乃どの……」

両の目から堰《せき》を切ったように涙が流れだした。

体の麻痺が解け、心が……体が引き裂かれるような悲しみが襲ってきた。

志乃の家の女中が、当て身を食らわされた揚げ句、縛られていたのだが、この女中の話によって、ことの真相が明らかになった。

女中は、涌井一馬が訪れたので、応対に出た。すると、

「志乃はいるかな」

訊くその態度が、どことなくおかしいと感じた。目が血走っているのである。

「いらっしゃいます。お呼びしましょうか」

と、女中は答えた直後に気を失った。

一馬が、すっと近寄り当て身を食らわせたのである。

気がついたときは、とっつきの部屋の隅に転がされていた。両手と両足を、刀の下げ緒と手拭いで縛られていた。

声を上げることは出来たが、大声を出すのは憚《はばか》られた。

なにか、妙な気配が漂っている気がしたのである。

「なぜ、このようなことを……」

女中の耳に、志乃の言葉が聞こえた。

強い風の音がときおり轟と響くだけで、辺りは静かだ。奥まった部屋の声が聞こえてきたのである。

「分かってくれ。私は、志乃のことを諦めることが出来ぬ。だから、私のものにして

おきたかったのだ」

一馬の切迫した声がした
「私をひとりにしてください」

志乃の声に、

「わかった……」

一馬が応える。かすかに足音がするのは、一馬が志乃の部屋から出たのか……。

しばらくして、

「お、おい！」

一馬のあわてる声がした。すぐに、

「し、志乃ーっ！」

一馬の絶叫が谺《こだま》した。

その後、物音は絶えたが、やがてすすり泣く声が聞こえてきた。

それは一馬の泣いている声だと分かったとき、

「お頼み申す」

玄関のほうで声がした。

（あれは……木暮さま）

女中は、志乃と祝言を交わすことになっている陣九郎のことはよく知っている。声を出そうとしたが、一馬がまだいるのでためらった。

「どなたかおられませんか……志乃どの」

陣九郎が、また呼びかけている。

すると、障子の開く音がして、一馬が庭に出た気がした。

陣九郎の声はそれきり聞こえず、どうしようかと思っていると、今度はほんの少しの間だが、争うような物音と、人が倒れる音がした。

やがて、使いに出ていた下男が帰ってきた。

下男の通報で、藩の目付役たちが駆けつけたが、なにが起こったのか、女中の話とその場のありさま、そして、半ば虚脱している陣九郎の話から、だいたいのことが分かったのである。

志乃は、一馬に無理矢理に求められ、顔を激しく殴られたようである。顔に殴られた痕《あと》があった。

半《なか》ば朦朧《もうろう》としている志乃に、一馬は押して不義に及んだ。つまり、無理矢理に我がものとしたのである。

ことが終わって正気づいた志乃は、一馬を遠ざけ、懐剣で喉を裂いて自裁したのであった。

武家娘として、辱《はずかし》めを受けては生きていけなかったのだろう。

一馬を斬った陣九郎に、お咎《とが》めはなかった。

志乃は陣九郎との祝言が決まっていたのであり、将来の妻を凌辱《りょうじょく》された陣九郎が、一馬を斬ったのは当然と思われた。

さらに、一馬も抜刀していた。無抵抗の相手を斬ったわけではない。

涌井一馬の咎は明らかである。

その責めを負って、江戸家老である涌井帯刀は職を辞し、隠居することとなった。

当初は、久住藩に戻っての隠居だったが、七年経って江戸へ出てきたのである。

もはや、帯刀を止める者はいなかった。

帯刀には、江戸家老の職にあった間に溜めた金があり、その暮らしは質素ではあるが、余裕のあるもののようだった。

陣九郎はというと、志乃を失った悲しみから立ち直るために、かなりのときを要した。しばらくは廃人同様になり、致仕を申し出たころには、誰も引き止める者はいなかったのである。

やがて、陣九郎は江戸に現れた。あちこちを転々とし、人足仕事から用心棒まで、さまざまなことをしてたつきを立て、ついには曲斬りをするようになり、いまにいたっている。

その陣九郎を、涌井帯刀が探していたのである。

志乃を凌辱し、陣九郎に斬られた一馬に一分の理もない。だが、帯刀は一馬を溺愛《できあい》していた。溺愛していた息子を斬った陣九郎のことが憎かった。

帯刀の陣九郎に対する憎しみは、狂気染みたものである。

だが、帯刀を諫《いさ》める者はおらず、憎しみは増すばかりだった。

帯刀の魔手が迫っていることを、陣九郎は知るよしもなかった。

三

覚心寺から小坊主の知念がやってきたのは、朝餉を済ませて、のんびりとしているときだった。

「木暮さま、大変でございます」

知念は、長屋に飛び込んでくるなり、大声で言った。

「どうしたのだ。まずは、座って落ち着いたほうがよい」

すぐにでも喋りだそうとするのを止めて、部屋へ上げた。

腰高障子を閉めるときに、長屋の奥からじっと見ている気配を感じた。

おそらく、袴田弦次郎に違いないと陣九郎は思う。陣九郎がなにをしているのか、鵜《う》の目鷹の目で探っているような気がして仕方ない。

知念がなにを知らせようとしているのかまだ分からないが、弦次郎などに知られてはいけないと思ったのである。

ずっと小走りできたのか、知念は大汗をかいていた。

水を瓶《かめ》から湯飲みに汲んで飲ませると、知念は落ち着いたようだった。

「さて。なるべく小声で話してくれぬか。誰が聞いているかもしれない」

陣九郎の言葉に、知念はうなずくと、

「お悠さんなのですが……」

今朝、朝餉の膳を片づけるために部屋に入ったときに、姿が見えなくなっていたのだという。

初めは、境内のどこかにいるだろうと思っていたのだが、いつになっても姿が見えない。寺の者総出で探してみたが、いなくなっているとしか思えなくなった。

「それで、木暮さまにお知らせしようということになって、私が使いにやられたというわけなのです」

寺には寺男もいるが、小坊主の知念なら足も速く、からけつ長屋の場所を知っているから適任だった。

陣九郎が寺に匿われ、そののちにからけつ長屋へ移り住んだときに、布団など大八車に積んで運ぶのを手伝ってくれたのが知念だったのである。

「今朝、朝餉の膳を運んだのは、知念さんなのかい」

「はい」

「そのとき、おかしな様子はなかったのかな」

「……私の思い出すかぎり、普通だったと思います」

「そうか……」

なぜ姿を消したのか、陣九郎はひとつの答えしか思いつかない。それは、お悠が竪川の河原で倒れたまでのことを思い出したのではないか、ということである。

あるいは……これは考えたくないことであったが、誰かに連れ去られたかだ。

「お悠は、寺から出たことはあったのかい。誰かに見られたことは」

「それはないと思います。庫裡からは一歩も出ていないはずなので、誰にも見られていないはずです」

すると、連れ去られたということはなさそうだ。陣九郎は、ほっと安堵の溜め息をつくと、

「お悠はなにかを思い出したのだろう。思い出した先へ行っているのかもしれない。だとすると、俺たちには行き場所の見当もつかんな」

腕を組んで唸《うな》った。

そのとき、腰高障子が開けられ、三蔵が顔を覗かせた。

「おい、いきなり入るな」

陣九郎の言葉に、

「すみません。ここに小さなお坊さんが入ってきたと、東吉が言ってたもんで。もしかしたらと思いましてね」

三蔵は頭をかきかき、入ってきた。

陣九郎は、知念から聞いたことと、自分の推量を話した。

「お悠さん、いったいどこへ……」

話を聞いている途中から青ざめた三蔵は、いまでは血の気のない顔になっている。

「どこまで思い出したかだ。すべて思い出して、身が危ういと思って逃げたのなら、捕まらないことを祈るまでだ」

「そうですね……で、でも、なにかあたしたちに出来ることはないでしょうか。ただ無事を祈ってるだけじゃあ、たまりません」

三蔵は泣き声になっている。

「では、出来るかぎりのことをするか」

「ど、どんなことを……」

三蔵は、陣九郎にすがりつかんばかりだ。

「たいしたことではないぞ。気休めにしかならないと思うが、まずは倒れていた場所へ行ってみよう。俺たちがお悠さんのことで知っていることは、ほんの少しのことだ。それを手がかりにするしかない。それから……」

「あとは、どこへ行けば……」

「廻船問屋の増田屋かな。そして、助山藩の上屋敷か……」

「そ、そんなところへ行ったのでは、お悠さん、飛んで火に入るなんとやらになっちまうじゃないですか」

「そうだな」

「そ、そんな殺生な。なんとか、お悠さんを助けてくださいよお」

「待て待て。お悠も、危ないと分かって増田屋や上屋敷へはいかんだろう。ひょっとほかに思い当たる場所がないから、陣九郎は言ったまでだった。

とりあえず、竪川の河原まで行ってみることにした。

そこまでは知念と連れだって歩く。

陣九郎は、まさか弦次郎が尾けてこないかと、後ろを気にしていたが、その気配はなかった。

陣九郎たち……とくに三蔵の心は暗雲たちこめ、波立っているのだが、うららかな陽差しに風もなく、竪川は穏やかに流れている。

「ここいら辺りですかね……」

三蔵は、お悠が倒れていた場所を指差した。辺りには誰もいない。

知念も、探そうとしてくれていたが、

「寺の仕事もあるだろうから、もうよいぞ。わざわざ知らせてくれてかたじけなかった。慈念和尚によろしく伝えてくれ」

陣九郎の言葉にうなずくと、覚心寺のある万年町目指して帰っていった。

「こんなところには、お悠さん、いませんよ。増田屋へ行ってみますか」

三蔵が意を決した顔で言う。

「そうだな……おぬしは、知念のあとを追って覚心寺へ行ってみてはどうだろう」

「そりゃまたなんでですか」

「お悠は、寺の朝は早いから、外に人はいないと思い、ぶらぶらと歩きにいっただけかもしれんぞ」

「はあ……では、戻ってきているかもと」

「あるいは、寺の中は探したと言っているが、思い込みから見逃している場所もあるかもしれない」

「そんなことがありますかね」

「寺の者たちだと、そんなところにはいないと決めつけてしまう場所があるかもしれないではないか。おぬしなら、そうした思い込みはない」

「そうか！　分かりました。あたしがいって、たしかめてきましょう」

三蔵は駆け出そうとした。

「あくまでも、尾けられていないか慎重にな」

「合点です」

辺りを気にしつつ、歩きだした三蔵を見送り、尾けている者のいないことを陣九郎はたしかめた。

（さて、俺は、増田屋へ行くか）

両国橋を渡るため、陣九郎の足は東広小路へと向かった。

三蔵に言ったことは嘘ではないが、あまり寺の者たちが見逃した所があるとは思えない。陣九郎から離れてもらうための方便だった。

増田屋へ行くには、三蔵はお悠を探し求める気持ちの強さのあまり、足手まといになりかねないからである。

四

半刻（約一時間）後、陣九郎は堀留町の増田屋の前にいた。

あいかわらず、店は忙しそうだ。

ひとわたり店の周囲や、船着場での仕事を見て、なにも変わったところがないことをたしかめた。

店の中へ入ると、一介の浪人者がなんの用だと不審な目を向けられる。

「主人の惣右衛門どのにお会いしたいのだが」

なんの用かと寄ってきた番頭に言うと、

「うちでは、もう用心棒は足りておりますが。なにせ、凄腕の粂原勘兵衛《くめはらかんべえ》さまがいらっしゃいますので」

と、応えが返ってきた。

あの目つきの鋭い用心棒は、粂原勘兵衛というのかと思いながら、

「いや、そのようなことではない。実はな……」

番頭の耳に顔を寄せ、

「お悠という女のことで、折入って話があると伝えてはくれまいか」

小声で言った。

「お悠といえば、分かるのですね」

番頭は、訝《いぶか》しげな表情を変えなかったが、なにか主人の女出入りでのことかと独り合点し、少々、お待ちをと言って奥へ消えた。

土間にたたずんでいると、もう店の者たちは興味を失くしたようで、誰も見ていない。よほど忙しいのだろう。

番頭は戻ってくると、奥の座敷へと陣九郎を通した。

そこでしばらく待っていると、数日前に見た恰幅のよい男が座敷に現れた。増田屋の主人、惣右衛門である。

藍色の上田縞の着物に茶の羽織で、いかにも大店の主人といった装いだ。すぐあとについて入ってきたのは、あの肌の浅黒い、目つきの鋭い細面の浪人であった。

「お悠という女子《おなご》についてとうかがったが……どのような用件ですかな」

話していると、たるんだ頬が揺れる。

「あんたが捕まえているかなと思ってな」

陣九郎の単刀直入な言葉に、

「おや、捕まえていると……なぜ、私がそのお悠とかいう女子を捕まえなければならないのですかな」

空惚《そらとぼ》けているのか、知らないか、表情を変えずに言った。

「お悠を知っておるだろう」

「いいえ」

「そんなことがあるわけがない。なぜなら、お悠と聞いただけで、俺と会ってくれているではないか。知らぬのに、なぜ俺を通した」

「ははは、この惣右衛門、はなはだ退屈でしてな。ふらりとお入りになってきた浪人さんと話してみようと思いましてね」

（食えぬ男だ……）

陣九郎は、心の中で苦笑すると、

「桑吉という名に心当たりはないか。あんたに金で雇われて、お悠を捕まえようとしていた」

「さあて……そんな名前に覚えはありませんな」

「桑吉は殺され、重りをつけて大川に投げ込まれた。だが、重りが外れて、すぐに上がってしまったのだよ。殺したのは、あんたの差し金か」

陣九郎は、ちらりと用心棒を見る。

用心棒の顔は、まったく変化がない。

「だから、桑吉などという者は存じません。知らない男を殺すわけもありません」

惣右衛門は、困ったという風に溜め息をついた。

「あくまでもしらを切るか。まあ、それもいいさ。とにかく、あんたに釘を刺しておこうと思うのだが」

陣九郎は、言葉を切ると、惣右衛門の目をじっと睨んだ。

惣右衛門は、陣九郎の目に怯《ひる》むことなく、

「さて、なんでしょうかな」

垂れた目をきょとんとさせた。

「お悠がどんなことに巻き込まれているのか、あんたらがどんなことをしているのか、俺は知っているということだ。だから、いまさらお悠をどうこうしたって、俺が生きているかぎりは無駄だということだ。しかも、知っているのは、俺ばかりではないと言い添えておこう」

陣九郎が話している途中で、惣右衛門の目が一瞬落ち着きなく泳いだように見えたが、すぐにそれはなくなった。

「あなたさまばかりではないというと、どなたさまで？」

「知りたいか」

「いいえ。なんだか分からないので、知ってどうというわけではありませんがね。あまりに思わせぶりなものだから、つい訊いてしまいましたよ」

惣右衛門は、さも愉快《ゆかい》そうに顔をほころばせた。

「ならば、これ以上話すことはなさそうだ。では、失礼いたす」

陣九郎は、立ち上がった。

座敷を出ていく陣九郎に対して、惣右衛門はなにも言わず目も向けなかった。その顔は無表情である。

用心棒はというと、陣九郎をずっと目で追っていた。刺すような視線を、陣九郎は背中に感じつづけていた。

増田屋を出て、陣九郎はやるべきことはやった気になっていた。

（すべてこちらが知ってしまっている以上、いまさらお悠をどうこうしても仕方ないと思わせられたら上出来だが……）

あとは、助山藩の上屋敷である。

（増田屋のようにはいくまい）

同じような手でいくべきかどうか、迷うところだった。

そもそも、助山藩の中で、どれほどの者たちが、このことに関わり合っているのかが分からない。

抜け荷だろうと踏んではいるが、となると交易に関わる者だけなのか……あるいは、藩ぐるみなのか……。もし藩ぐるみだと、実に厄介である。

（しかも、まだ裏がありそうだ……）

お悠が役人に知られることを嫌がっていたことが引っかかっていた。

どういうことなのか……。

（ひょっとすると、お悠本人も、掛かり合っているのか……）

三蔵は認めたくはないだろうが、お悠も臑《すね》に疵《きず》を持っているのかもしれない。

お悠が助山藩に捕まっているとしたら、どうしておくべきか……とつおいつ思案に暮れながら歩いているうちに、両国橋を渡り、東広小路を過ぎて、いつしか武家屋敷の連なる道になっていた。

さらに進めば亀沢《かめざわ》町で、そこを左に折れると御竹蔵に出ることになる。ちょうど昼どきであろうか。辺りはしんとしている。

（腹が減ったな……）

と、思った途端、腹がグーッと鳴った。

（助山藩へいく前に腹ごなしをしておくか。懐が寂しいから、たいしたものは食えぬがな……いや、その少しの遅れが、お悠の命に掛かり合うかもしれぬか）

万が一、助山藩の者たちに捕まっている場合を思うと、のんびりとしてはいられないのだ。

こんどは、キュルキュルと腹が鳴った。

（情けない音だ……）

苦笑いをしたときである。

背中に強烈な殺気を感じた。一瞬にして、背筋が凍りついたような気がする。

足を止め振り返ると、悠然とした足どりで、増田屋の用心棒が近づいてくるのが目に入った。

「たしか、粂原勘兵衛……」

陣九郎が声をかけると、

「ほう、わしの名前を誰から聞いた」

「番頭だが」

「口の軽い奴だ。ま、名乗る手間が省《はぶ》けたからよいとするか」

勘兵衛は、陣九郎より二間ほど離れると立ち止まった。

刀の鯉口を切った。

「やはり、俺を口封じしようというのか。お悠は、どうなったのだ」

陣九郎も鯉口を切る。

「そんな女のことは知らん」

勘兵衛は、すらりと刀を抜いた。

（お悠は、惣右衛門の手に落ちたわけではないのか……）

どうせなら助山藩より、増田屋に捕まっていたほうが助けやすいと思っていたので、陣九郎は気落ちした。

「桑吉を斬ったのはおぬしか」

刀を抜きながら訊いた。

「ふふっ、あいつはたしかにわしが斬った」

「大川に捨てたのか」

「いや、それは下っぱたちだ。わしは、そんな面倒なことはせん。人を斬るのがわしの仕事よ」

「なるほど。だが、俺は斬られるわけにはいかん」

陣九郎は青眼に構えた。

勘兵衛も青眼で対している。

（出来る……）

陣九郎は、勘兵衛に打ち込む隙を見いだせない。

こうした場合、あわてて打って出ると思う壺である。

気を張りつめて、陣九郎も勘兵衛の出方をうかがった。

ぴたりと二人の体は静止したまま、微動だにしない。

一陣の風が吹き、お互いの髪や小鬢《こびん》の毛をなぶった。

風が止んだかと思った瞬間、勘兵衛の刀が翻《ひるがえ》った。

鞭《むち》がしなったのかと思うような速い打ち込みが陣九郎を襲った。

「ちぇすとーっ」

ギンッ！

かろうじて、陣九郎は勘兵衛の刀を弾いた。

体勢を立て直す余裕も与えられず、勘兵衛の二の太刀がすぐさま繰り出される。

これも、なんとか弾き返すと、陣九郎は大きく後ろへ飛んだ。

勘兵衛が刀を突いたが、すれすれのところで、陣九郎には届かない。

飛びすさったと同時に、陣九郎は体勢を立て直した。

また青眼に構える。仕切り直しだが……。

はあはあと息が荒くなっている。対する勘兵衛の息に乱れはない。

（このままでは勝てぬな……）

このところ、曲斬りばかりしており、素振りもしていない。師範と顔見知りになった道場での立ち合い稽古も、ずいぶんとしていない。

だが、日ごろ鍛練《たんれん》していたとしても、目の前の勘兵衛に勝てるかどうか、陣九郎は心許なかった。

（よほど修羅場をくぐってきたものとみえる……）

勘兵衛の太刀筋《たちすじ》には、凄味《すごみ》のようなものがある。

陣九郎の刀を持つ手がじっとりと汗で濡れてきた。

額にも汗が滲《にじ》んでいる。

「たあーっ」

勘兵衛は鋭く踏み込むと、また鞭《むち》の如《ごと》くしなるかに見える刀を打ち込んだ。

ギンッ！

なんとか弾き返すが、二の太刀を陣九郎は受けることが出来なかった。

勘兵衛は、横に刀を薙《な》いだのである。

陣九郎は、刀で受けることができないと悟った瞬間、深く腰を引いた。

だが、刃先は陣九郎の腹部を切り裂いた。

「くっ……」

よろっとよろめきながら、陣九郎はつぎの打ち込みに備えて、足を踏ん張り、刀を構える。

勘兵衛は、ふっと笑うと刀を八双《はっそう》に構えた。互角の相手なら危ない構えだが、いまの陣九郎のように力を削《そ》がれた相手には、攻めやすい構えといえる。

ジリッと勘兵衛が間合いを詰める。

陣九郎は、蛇に睨まれた蛙のように、なにも出来ないでいた。

五

三蔵は、心を逸《はや》らせながら、覚心寺へと向かった。

だが、覚心寺にお悠がいなくとも、行き先を知られるのはまずい。尾けられてはいないか気をつけていた。

とはいっても、前のように遠まわりすることは出来ない。一刻も早く、お悠を見つけたいと焦っていたからである。

陣九郎が言ったように、僧侶が見つけられなかった場所にいることもあり得ると思っていた。しかも、遠くへ行っていなければ、寺の近くを探せばきっと見つかるという気がしていたのである。

それは、願いのようなものなのかもしれないが、ともかく追手に捕まってはいないという望みを捨てないでいたかった。

途中から知念に追いつき連れ立って歩いていたが、ここ数日のお悠の様子を訊いてみた。

「日に日に元気になってました。ただ、ときおり頭が痛いと言ってたし、なんにも思い出せないと嘆《なげ》いてました」

「そうか……それは辛いだろうなあ」

「ええ、ひとりでいるときは、なんだか悶々《もんもん》としている様子でしたよ」

知念の言葉に、三蔵は胸が締めつけられた。

(お悠さん、思い出したいだろうなあ……なにせ、自分が何者なのか分からないのだからなあ)

お悠への同情と、思慕《しぼ》の念とがごちゃまぜになった気分で、三蔵は胸を掻きむしりたくなる。

(いったい、あたしはどうなっちまったんだよ。この歳で、こんな気持ちになるなんておかしいぜ、まったく)

自嘲の笑いを浮かべた。

そんな三蔵を、知念が小首をかしげて見ていた。

覚心寺へ着くと、慈念の元へ知念と一緒に会いにいった。

三蔵がお悠がまだいるかもしれないという陣九郎の言葉を伝えると、

「ほう、木暮どのは、拙僧らが見逃している場所があるかもしれないと言っておられたのですか」

慈念はうなずき、

「木暮どのの言うことにも一理ありますな。あまりに見慣れているので、拙僧らは探しもしないという場所があるかもしれません。三蔵さん、心ゆくまでお探しになってください」

快く、お悠の捜索を許してくれた。

三蔵は慈念に礼を言うと、早速庫裡の中を探しまわりだした。

庫裡の中は、それこそ重箱の隅をつつくほどに、三蔵は探した。くんくんと臭いを嗅ぐ犬のような格好もした。

それを見て、知念は思わず笑ってしまったが、中年の僧にたしなめられたようである。

慈念、知念のほかに、覚心寺には二人の僧侶がいた。ひとりは中年の僧で善心《ぜんしん》という、もうひとりは若く、真寛《しんかん》といった。

「この庫裡の中は、私どもが見逃しているところもあるかと思いましたが……やはり駄目でしたか」

探しまわった揚げ句、徒労に終わった三蔵に、真寛が気の毒そうに言った。

「ええ。ですが、まだお堂のほうが残っております。お坊さんたちの迷惑にならないかぎり、探してもよいと慈念さんからお許しが出ておりますので、探させていただきます」

三蔵の言葉に、真寛と善心はうなずいた。

お堂の中は、隠れる場所などないように思えた。あるとすれば、本尊の裏側などである。

どこでも好きに探してよいと言われたので、罰《ばち》当たりではあるが、三蔵は本尊の裏側までも入念に見ていった。

しかし、お堂の中にも、お悠の影も形もなかった。

三蔵はうちひしがれて、お堂の中から出てきた。

（どこへ行ったんだよ、お悠さん……そこらにいるといいんだけどなあ。捕まってでもいたりしたら……）

すでに殺されているのではないかと考えると、三蔵は泣き叫びたいほどの悲痛な気持ちに襲われた。

だが、頭を強く振って、

(いけない、いけない。まだ捕まったと決まったわけじゃないんだ。捕まっていても、きっと木暮さまが助けてくださる)

陣九郎がどれだけ強いのか分からないが、信じていれば安心出来る気がした。

(ともかく、あたしはあたしに出来ることをしなくちゃな。それは……)

徒労を厭《いと》わずに、探しまわることだった。

慈念たちに礼を言ってから、寺の外の町を探しまわろうとお堂を出た。

ふと気になったのは、お堂の下である。

かなり高い床になっているので、普通の建屋と違って、向こう側までが透《す》けて見える。だから、かがんで見て、人の姿がないとたしかめただけである。

いま一度見てみると、雑草がけっこう丈高く生えているところがあり、ひょっとしてそこに人が倒れていた場合、草に隠れて見えないかもしれないと思いつく。

(まさか、こんなところにいるわけもないが……)

念のために調べてみようと、三蔵はお堂の下へと腹這いになって入り込んだ。

しばらくごそごそと這いまわっていたが、草の中になにがいるか分からない。蛇でもいたら……それが蝮《まむし》だったら嫌だなと思うと、一刻も早くそこから出たくなる。

だが、万が一にもお悠がいたら、もし倒れていたらと思う気持ちから、お堂の下すべてを検《あらた》めようと、必死になって這いまわった。

すると……伸ばした三蔵の手がなにか柔らかいものに触れた。

（へ、蛇か！）

あわてて手を引っ込めたが、蛇は柔らかくはないと気づく。

手に触れたものがあった場所へさらに近づくと、草をかき分けた。

そこに見たものは、探し求めていたお悠だった。

庫裡に運ばれたお悠は、昏々《こんこん》と眠っており、いつ目覚めるか分からなかった。

呼ばれた医者は、眠っていることしか分からず、なんの手だても指示できなかったのである。

「なんで、あんな場所に倒れてたんですかね」

三蔵の問いに、慈念たち僧侶も答えることが出来なかった。

「三蔵さん、お悠さんが見つかったのは、あなたの執念のおかげです。拙僧らでは、見つけることが出来なかったでしょう」

慈念は感心して言うと、

「拙僧らもあなたに感謝いたさねばなりません。お悠さんは、寺にはいないと思い込んで、あのままにしていたら、お悠さんは体が冷えきって病に罹《かか》っていたかもしれません。そのようなことになったら、拙僧らは身の置き所がありませんでした」

深々と三蔵に頭を下げた。

善心も真覚も、知念もそれにつづく。

「あ……いや、そんなことはなさらないでくださいよお。あたしは、ただお悠さんを見つけたい一心だっただけですから」

三蔵は恐縮し、照れくさくもあり、真っ赤になってしまった。

そのころ、陣九郎は血を流しながら戦っていた。

一方的に押しまくられ、腹を肩を足を、勘兵衛の刀に斬られていたのである。

なんとか深手を負わないで済んではいたが、それもあと少し持ちこたえることが出来るかどうかだった。

「しぶとい奴だな……それは認めてやる」

勘兵衛は八双に構え、

「これが最後だ」

じりじりと間合いを詰めてきた。

（もはや、これまでか……）

捨て身で一太刀でもあびせられれば本望だと、陣九郎が覚悟を決めたときである。

「なんだなんだ、果たし合いか」

「こんなところでか」

近くの武家屋敷から、武士が数人出てくると、驚きの声をあげた。

「は、果たし合いではござらぬ」

咄嗟に陣九郎は、武士たちに言った。

「ほう。では、なんなのだ。ここは旗本本田館蔵《ほんだたてぞう》さまの屋敷なるぞ。屋敷前での刃傷沙汰《にんじょうさた》の理由がなんであるのか、お聞かせ願いたい。理由の如何によっては、双方お引き取り願いたい。訳も分からぬのに、血で道を、そして屋敷の塀を汚してもらってはかなわぬ」

武士の中でも年長の男が、陣九郎と勘兵衛に言った。

その言葉を聞き流し、勘兵衛は陣九郎に迫った。

陣九郎は、あわてて何歩も後退する。それは無様な格好だったが、命がかかっているのだ。背に腹はかえられない。

「やめろ！　もう決着はついているのではないか。命まで取るというのなら、その訳を話してもらおうではないか」

年長の武士が、勘兵衛に詰め寄る。

「ちっ」

勘兵衛は、舌打ちすると刀の血振りをし、踵を返した。

鞘に刀を納めて、なにも言わずに去っていく。

「おい、待て。なにも言わぬとは無礼ではないか」

若い武士が追おうとしたが、年長の武士に引き止められた。

「それよりも、このかたの手当てを」

その声を聞いたときには、陣九郎はその場にへたりこんでいた。

（無様だが、なんとか生き残れたか……）

以前は……志乃が殺され、一馬を斬ったあとは、自分の命などどうでもよいと自暴《じぼう》自棄《じき》になっていた。

だが、いまは命が惜しい。

なぜ命が惜しいのか……なぜ、自暴自棄の気持ちが変わったのか、陣九郎にはよく分かってはいない。

ときが心を癒してくれたのだろうか……。

そして、からけつ長屋での年中ぴぃぴぃしている連中との暮らしがけっこう楽しいのも、命が惜しい訳かもしれない。

勘兵衛との斬り合いは、陣九郎を相当疲れさせたようである。

さらに、血が絶え間なく流れつづけていたこともあり、その場で陣九郎は、気を失ってしまった。

第五章　密　談

一

お悠は、一刻（約二時間）の後、目を開けた。

そのとき、枕元にいたのは三蔵だけである。

初めは目をしばたたき、そこがどこなのか分からないようだったが、三蔵の顔を見ると、

「あっ……」

と言ったきり絶句した。

「お悠さん、ここは覚心寺です。なにがあったか知りませんが、安心してください。あたしたちがいますからね」

三蔵は、噛んで含めるように言った。

お悠は、しばらく目を彷徨《さまよ》わせていたが、再び三蔵に目を戻すと、

「ご迷惑をおかけしました」

ぽつりと言った。すると涙が両の目から溢れ出してきた。両手で顔を押さえて嗚咽《おえつ》を堪《こら》えている。

三蔵は、お悠を泣かせるままにしておいた。

やがて、お悠は起き上がろうとしたので、三蔵は手を貸した。

涙に濡れた顔を拭《ふ》くと、

「私……すべて思い出しました」

顔を曇らせて、つぶやくように言う。

「そ、そうですか……」

三蔵は、ほかに言うべき言葉が出てこなかった。

陣九郎がいれば、思い出したことを聞こうとするのだろうが……。

そのとき、初めて三蔵は陣九郎がどうしているのか気になった。

お悠が目覚めるまでは、お悠が果たして眠っているだけなのかどうかが気になり、陣九郎どころではなかったのである。

（木暮の旦那は、増田屋へ行ったのだろうか……もうあれから一刻半は経つ。ここにこないということは、なにかあったのだろうか）

にわかに、陣九郎のことが案じられてきた。

だが、やはりお悠のことのほうが気になる。いまも、なにかを耐え忍んでいるように苦しそうな表情だからだ。

「お話を聞いていただきたいのですが……」

絞り出すようなお悠の言葉に、

「あ、あたしでよければ……」

三蔵は、陣九郎のことを頭から追いやると、お悠が話し出すのを待った。

お悠が目覚めたころ、陣九郎も気がついた。

目を開けると、覗き込む顔が見える。

観音様《かんのん》か吉祥天女《きっしょうてんにょ》か……。

ぼんやりとした頭で、ここはあの世なのだろうか、それにしては日本髪のよく似合う観音様だな……などと考えていた。

「お気づきになられましたね」

遠くから声が聞こえてきた。

どうやら、覗き込んでいる観音様が声を出したらしい。

　すると、今度は観音様だと思っていた顔が、志乃に見えてきた。

「し、志乃……」

　手を伸ばそうとするが、手が動かない。

　無理矢理、手を動かそうとした途端、膜がかかったような頭が、急にすっきりとしてきた。

　志乃だと思った娘は、志乃に似てはいるが、別人のようだ。

　切れ長だが大きな目で、ふっくらとした頬、形がよい鼻に、柔らかそうな唇は、志乃とよく似ている。

　だが、目は生き生きとして活発な表情があり、おっとりとした穏やかな志乃とは違っていた。

「こ、ここは……」

　陣九郎は、まわりをよく見るために半身を起こしかけ、

「い、痛っ」

　腹に鋭い痛みが走って、また横になる。

「ご無理をなさってはいけませんよ」

　娘は、優しく労《いたわ》るように声をかけ、

「傷は、みな浅かったので、すぐに血は止まりましたが、お医者さまは、激しく動くとまた傷が開くから気をつけるようにと仰ってました」

無理はするなと言う。

娘の言葉に、陣九郎は浴衣《ゆかた》を着せられ、その下は晒《さらし》できつく巻かれていることに気づいた。

「これは……お世話になったようで、かたじけない」

「いいえ。お礼は、ここに運んでこられた岩屋《いわや》さまに仰ってください」

「岩屋……さまですか」

「はい」

「そ、その……ここは、いったいどこですか」

「あ、ご存じないのですね。ここは、旗本本田館蔵さまのお屋敷です。あなたさまは、屋敷の前の道で、暴漢に襲われてお倒れになったそうですよ」

条原勘兵衛と斬り合いの末、もう駄目かと思ったときに、目の前の屋敷から出てきた武士たちが止めてくれたことを思い出した。

勘兵衛は暴漢となっているようだ。

果たし合いではないと言ったことが、陣九郎には恥ずかしく、顔が赤くなる。

だが、あのままでは斬られて命を落としていたことは間違いない。

結局、なんで斬り合っていたのかは有耶無耶《うやむや》のままになっている。

勘兵衛が、これは武士の面目《めんぼく》を懸けた果たし合いであり、横から口を出すなと言っていれば、武士たちも止めなかったかもしれない。勘兵衛にそうした機転が働かなかったことで助かったのだ。

（力の差があったな。だが、もう少しやれたような気もするのだが……）

腹に力が入らなくて、すぐに疲れてしまったこともある。

斬り合いのことを思い出していると、腹がぐるるっと鳴った。

「おなかが空《す》いておいでなのですね。いま、用意しますから、お待ちください」

「そ、それはかたじけない。あなたは……」

立ち上がりかけた娘は、

「私は、亀沢町の扇屋《おうぎ》の娘で春《はる》といいます。本田さまのお屋敷に行儀見習いとして奉公させていただいているんですよ」

答えて微笑んだ。

お春がほかの女中と運んできてくれた食事で腹を満たすと、生き返ったように力が体に満ちてきた。

茶をゆっくりと飲んでいると、腰高障子が開いた。

「御免」

部屋の外で声がして、陣九郎は、あわてて居住まいを正す。

部屋に入ってきたのは、勘兵衛との斬り合いを止めてくれた中年の武士だった。

「拙者《せっしゃ》、本田館蔵さまにお仕えする岩屋喜八郎《きはちろう》と申す」

辞儀をする。陣九郎も名乗って辞儀をした。

「此度は大変な目に遭われましたが、医者によると幸い傷は深くないとのこと。ですが、静かに体を休ませなければいけないとも言われました。数日、ここにお泊まりになってはどうでしょう」

主の本田館蔵は、いまは出仕していて留守《るす》だが、あとで話しておくという。

「それはかたじけない。ですが……」

陣九郎は、しなければいけないことがあると言った。

「そうですか。では、無理に引き止めはいたしません」

喜八郎は、訳は訊かずにうなずいたが、

「ただ、決して無理なことはなさらないでください」

お春と同じことを言った。

「いちおう、さきほどの斬り合いがなんだったのか、お訊きしておかねばと存じますが……」

喜八郎は遠慮がちに言った。

「あ、あれは、一方的に向こうが難癖をつけてきたのです。すれ違ったときに、自分のことをあざ笑ったろうというのです。私には覚えのないことでしたが、絶対にお前は、俺を笑ったと言い張るのです」

激昂《げっこう》した相手が、刀を抜いて斬りかかってきたのだと言った。

我ながら、作り話が口をついてどんどん出てくるのに驚いていたが、本当のことを話すわけにもいかない。

「なるほど、春になるとおかしな輩《やから》が出てくるといいますからな。それは災難でしたなあ……」

喜八郎はすっかり信じたようである。

さらに、今晩一晩だけ泊まって、主人にも会ってほしいと言われる。世話になって、主の本田館蔵に挨拶しないというわけにもいかない。

陣九郎はうなずくと、

「私がここにいることを、住んでいる長屋の連中に伝えておきたいのですが」

帰ってこないと気にする連中なのだと言った。

実際はそんなことはないが、お悠を探している最中である。三蔵が、陣九郎はどこへ行ったのかあわてて探すかもしれない。

長屋へは、屋敷の下男を使いに出してくれることになり、陣九郎は安堵した。


からけつ長屋の木戸番へ、本田館蔵の屋敷の下男が、陣九郎が手傷を負ったので一晩泊まるという報《しら》せを届けたのは、その日の暮六つ（午後六時ごろ）だった。

木戸番へは、とくに八卦見の三蔵が帰ってきたら、陣九郎のことを教えてくれとも伝えてある。

覚心寺から戻った三蔵が、木戸番に声をかけられ、言《こと》づけを聞いたのは、さらにその夜、五つ（午後八時ごろ）を過ぎてのことであった。

（手傷を負ったということは……木暮の旦那、無茶なことをしたのかな……）

だが、無事だと知って、三蔵はほっとしたのである。

二

夜になって会った旗本の本田館蔵は磊落《らいらく》な武士で、一介の素浪人である陣九郎に気安く接してくれた。いつまでいてもよいと言う。

奥方の梅代《うめよ》も、にこやかな笑みを絶やさず、優しい人柄だった。

ついつい、甘えたくなるのは自然の気持ちである。

ただ、旗本とはいえ、その懐具合はさほどよいとは思えない。

陣九郎へ出される食事は、力をつけねばならないということで、奮発してくれているようだが、岩屋喜八郎たちの食事は、ずいぶんと質素のようである。

それは、厠《かわや》に立ったときに、屋敷の中で廊下を間違えて台所へ行ってしまい、夕餉の膳を見て分かったことである。

お春がいろいろと面倒を見てくれるし、実に心地よい。

一泊といわず、傷が癒えるまで厄介になりたいのは山々だが、負担をかけたくはなかった。

やはり翌朝には辞することに決めたのである。

からけつ長屋のある相生町は、屋敷を出てしばらく歩けばよい。

送っていくというのを断ったのだが、また昨日の暴漢が根に持って襲ってくるかもしれないというので、護衛がつくことになった。

その護衛というのが、本田館蔵の嫡子である新一郎《しんいちろう》と家来の鮫島健吾《さめじまけんご》だった。

鮫島健吾は、岩屋喜八郎とともに屋敷から出たときに、陣九郎と勘兵衛の斬り合いに遭遇した若い武士である。

二人は同い歳の十九歳で、同じ剣術道場に通っているのだという。

二人とも相当な使い手のようだが、抜き身の刀を前にしては、どうだろうかと陣九郎は危《あや》ぶんだ。

とはいっても、勘兵衛がほかの者がいるところへ襲ってくるとは思えない。

無事に、からけつ長屋へと着いた。

「中で茶でもと思うのですが……」

茶葉が残っていたかどうか、しきりに思い出そうとしている陣九郎に、

「いえ、もう道場へ行かねばならぬのです。ここで失礼いたします」

二人は、そこで帰って行った。

部屋に入れば、案の定茶葉は切れている。

ごろりと横になって両手を伸ばすと、体を締めつける晒が伸びて引きつる。

朝、晒を解いて薬を塗り、また新しい晒を巻いてくれたお春を思い出す。

若い娘に、体を触られたのも実に久しぶりのことであった。

かいがいしく面倒を見てくれていたお春を思い出すと、その顔が志乃にだぶって見えてくる。

（いかん、いかん）

陣九郎は、お春と志乃の面影を追い払うように頭を振った。

肘《ひじ》をついて起き上がり、水を汲《く》みに立ち上がる。

井戸端で水を汲んでいると、

「あらま、もうお戻りになったんですか」

三蔵が声をかけてきた。

「おう、言づけは聞いたか」

「ええ。心配しましたよ」

二人は、それ以上、井戸端で話すのを止め、陣九郎の部屋へと入った。

三蔵がもじもじとして話したそうなので、

「お悠の居場所が分かったのだな」

水を向けてみた。

「な、なぜ分かったんで」

驚いた顔で三蔵が訊く。

「おぬしに余裕があるからだ。お悠の居場所が知れないと、俺に食ってかかるか、焦って探しに行こうとしているはずだ」

「なるほど。ご明察」

「おぬしの八卦より当たるだろう」

「そいつはどうだか」

「で、お悠はどこにいるのだ」

「それがですね……」

三蔵は、お悠がお堂の下に倒れていたことから話した。

「妙なところに倒れていたのだな」

「なんでも、忘れたことを思い出しそうになったら、頭が痛みだしたそうです。それで、外の涼しい空気にあたろうと庫裡から出て、ふらふらとお堂のまわりを歩いてたんだそうです。そのうちに、頭が割れるように痛くなって気を失ってしまったようだと言ってました」

「お堂の脇で倒れたのか。そのはずみで転がり、お堂の下に潜り込んだようになったというわけか」

「どうもそのようですよ。お堂の端っこの下に倒れてましたからね」

「お悠は、忘れたことを思い出したのか」

「そうなんですよ。気を失って、そのまま眠ってたんですがね。目が覚めてみると、全部思い出していたそうなんです。それは辛いことだったそうですが、それをあたしに話してくれました」

「ほう、それはよかったな。俺は、いったいなにをしていたのだろうな。骨折り損……というか、斬られ損だぞ」

陣九郎は、苦笑いして胸の晒を触った。

「無茶したんですかい」

「まあな……それはあとで話してやるから、お悠が思い出したことを聞かせてくれぬか。それも大きな声を出すでないぞ」

陣九郎は、腰高障子のほうを見やった。

「分かりました」

三蔵は小さな声で、お悠から聞いたことを語り出した。

お悠は、助山藩の御納戸《おなんど》役の娘として生まれ、江戸上屋敷に奥女中として奉公に上がっていた。

少し熱があり、女中頭の許しもあって、お悠は早めに床に就いた、その夜のこと。いったん目が覚めて、厠へと立ったが、熱は下がっているようだった。

厠を出ると、雨戸から漏れてくる月の光に誘われて、庭に出たくなった。

こっそりと雨戸を開けて庭に出たお悠は、皓々《こうこう》とした月と、またたく星を眺めているうちに、ときを忘れてしまった。

ふと気づくと、晩春の夜とはいえ、体が冷えている。急いで屋敷の中へ戻り、雨戸を閉めた。

そのときである。

「誰かいるのですか」

女中頭の声が聞こえた。かなり離れており、廊下の常夜灯では分からない。お悠の姿も見えないはずだ。

女中頭が近づいてくる気配がしたので、お悠は、なるべく離れようと、自分の寝所とは反対のほうへと廊下を歩いていった。
日ごろから、女中頭は口うるさい。しかも、ねちねちと同じことを責める癖がある
ので、お悠はなるべくなら見つかりたくなかったのである。
暗闇に身を潜めていると、女中頭が近くまできたようだが、また遠ざかっていくの
が分かった。
しばらくそのままでいて、いざ帰ろうと立ち上がりかけたとき……。
またも足音がしたのである。しかも、それは二人だった。
ずんずん近づいてくるので、お悠は息を殺してうずくまっていた。
手燭《てしょく》を持っており、その明かりが近づいてくる。
さほど悪いことはしていないのだから、屋敷の中で迷子になったとでも言って出よ
うかと思ったが、奥女中が迷子というのもおかしなものだと思い直す。盗みでもして
いたのかと疑われるおそれも感じた。
どうしようか迷っているうちに、手燭を持った者はどんどん近づいてくる。
お悠は、頭を両手で覆《おお》い、廊下の端にうずくまった。闇の中に隠れていようと思っ
たのである。
足音はすぐ近くで止まり、

「この座敷なら、みなの寝所より離れておる」

太い声がした。

その声は、助山藩江戸家老の沖田監物《おきたけんもつ》のものだった。

「内密な話をするには、格好の場所というわけですな」

こちらは幾分嗄《しわが》れた甲高《かんだか》い声である。

この声は聞いたことがあるような気がしたが、誰だかまでは分からない。

二人は、お悠がうずくまっていることに気づかず、障子を開けると座敷に入り、すぐに行灯の明かりを点《つ》けた。

お悠は、その場を動くに動けない。

あまりにまわりが静かなので、衣擦れの音だけでも響いてしまいそうだ。

そのうちに、二人のひそひそ話が始まった。

声を潜めてはいるが、すぐそばの廊下にいるお悠には、ほぼ話している言葉が分かったのである。

「万事抜かりはないな」

沖田監物の声だ。

「ええ。お国許からの品物に混ぜてありますので」

「長崎の南蛮人に、もっと高値で売れぬものかな」

「私も努力しているのですが、なかなか渋い連中でして」

「そこをなんとか頼むぞ、惣右衛門。太古の昔より伝えられている由緒《ゆいしょ》のあるものだと信じ込ませるのだ」

「それはもう」

監物と話している者の名前が惣右衛門と知り、お悠は、廻船問屋の増田屋の主人だと分かった。

国許との荷物の運搬に、増田屋の船が使われていることから、何度か上屋敷にも惣右衛門はやってきていたのである。

（そういえば昼間も……）

仕事で来ていたはずだが、こんなに夜遅くまで残っているとは驚きだった。

しかも、話の内容がよく分からないものの、どうも後ろ暗いことのようなのは、お悠にも分かった。

（抜け荷……）

その言葉が、お悠の頭に浮かんだ。

物知りの女中仲間から聞いたことがある。もっとも、それは黄表紙かなにかに書いてある物語でのことだったのだが。

監物と惣右衛門の話はほどなくして終わり、二人は座敷から出ると、遠ざかっていった。

お悠は、しばらくそこに潜んでおり、もう大丈夫だと思った頃合いにそっと動き出すと、寝所に戻って朝まで まんじりともしなかった。

翌日、接待を受けた増田屋の主人が屋敷に泊まっていったことを知った。

藩の上屋敷に、商人が泊まっていくことなどあまり例がなかったが、藩の財政が逼《ひっ》迫《ぱく》している折り、運搬の代金などをまけてもらったりと、いろいろ世話になっていることからの特別な待遇だった。

さらには、惣右衛門を大切に扱えという監物の指示もあったようである。

お悠は大変なことを知ってしまったと思った。

だが、お悠が黙っていればそれで済むことでもある。

もし、監物と惣右衛門の抜け荷が露顕《ろけん》した場合、二人は処罰されるだろう。さらに、幕府に知られた場合は、藩に対しての処分が下されることになるだろう。

それは、ひとりの奥女中であるお悠が、どうこう出来るものではなかった。

ところが、お悠にはとんだ災難が降りかかることになる。

潜んでいたところから出て、寝所へ帰る際、監物の部下である江戸詰の藩士に見られていたことに気づかなかったのである。

藩士は、監物と惣右衛門の話し合いの最中、誰かが近づかないか見張っており、そのあともしばらく持ち場を動かなかったのである。

寝所へ戻ろうとばかり焦っていたお悠は、藩士がいることに気づかなかった。

翌日、お悠は、話があると藩士に言われ、なんだろうと呼ばれた座敷へ入った。もとより、前夜のことだとは思ってもいない。

だから、その場に沖田監物がいたことに驚いた。

もしやと思って顔色が変わった。

「昨日の夜遅くだが、わしと増田屋の話を聞いておったのか」

監物がお悠を見透《みす》かしたような目をして訊く。

「い、いいえ、なにも聞いてはおりません」

「なぜ、屋敷の中をうろついておったのだ」

「わ、私は、厠へ行ったのですが……つ、つい、月が綺麗なので、庭に出て……それで、誰かに見つかったら怒られると、あわてて戻ったのです」

「お前、幕府の隠密《おんみつ》か」

いきなり訊かれ、お悠は仰天《ぎようてん》した。

幕府の隠密というのがどんなものなのか、お悠にはよく分からないが、監物にとって、あるいは藩にとっての敵であることだけは分かった。

「そ、そんなものではありません」

「本当にそうか。もし隠密なら、殺して埋めてしまわねば、どんな災厄《さいやく》があるかも分からぬ」

監物の言葉に、お悠は血の気が引く思いがした。

あわあわと口が動くだけで声が出ない。

「隠密にしては、うろたえすぎか。だが、それも芝居かもしれぬて」

監物は、お悠をじっと見ていたが、

「殿や、お上に訴えても無駄だぞ。わしは殿に信頼されておる。お前の言うことと、わしの言うことどちらを信用するかは明白だ。それに、幕府の役人には、わしの息のかかった者がおるのでな。お上に訴えても、お前が逆に捕らえられてしまうぞ」

にやにやしながら言った。

そして、いきなり笑みを消して、お悠から藩士へと目を移すと、

「いずれにしても、このままでは面倒だ。なるべくなら、密かに始末したいものだ。

殿や奥方に知られぬように、不始末の揚げ句に逃げ出したことにせい。その理由などは、お前にまかせる」

「はっ」

命じられた藩士は、頭を下げると、お悠を引っ立てて上屋敷の奥の座敷へ閉じ込めたのである。

夜中に、お悠を外で殺して埋めるかどうかするつもりらしい。

三

縄で縛られ、猿ぐつわをかまされていたお悠は、なんとか縄を解いて逃げ出そうと思ったが、到底縄を解くことは出来そうにない。

このまま殺されてしまうのかと、お悠は恐れに苛《さいな》まれていた。

そして、夜になった。

捕まってからそれまでのときは、物凄く速く感じられた。逃げ出そうともがいているからで、それから夜中までも同様に速く過ぎ去るかに思えた。

すると、様子を見に藩士が現れた。縄が縛られたままなのをたしかめて、唾液で濡れた猿ぐつわを代えた。

「お願いです。厠へ……」

お悠は、必死になって頼んだ。漏れそうだと訴える。

藩士は、戸惑ったが、その場で失禁されては困ると、厠へ連れていくことにした。

相手は、女ひとりだ。逃げようとしても、力で差がありすぎると油断した。

足の縄を解かれ、後ろ手に縛ったまま連れて行こうとするが、

「裾を……裾を、あなたさまが持ち上げるのでございますか」

泣きだしそうになって藩士に言った。

顔をしかめて舌打ちした藩士は、手を縛った縄も解く。

小刀でお悠を脅しつけて、厠まで歩く。夜には、奥まったところにある厠へはあまり人はこない。

「いいか。妙な真似をしたら刺す。分かっておるな。戸に閂《かんぬき》はかけるなよ」

藩士の脅しに、

「はい」

と答えたお悠は、厠の戸を開けて入ると用を足した。尿意があったのは本当のことだったのである。

切迫した欲求がなくなると、今度は生きていたいという気持ちが膨らむ。

どうしようかと厠の中で必死に思案するが……。

「おい、なにしてるんだ。終わったらさっさと出てこい」

藩士の声に急き立てられた。

このとき、お悠の胆《きも》が据《す》わった。

（一か八か……）

どうせ死ぬのなら、いま殺されても同じだと勝負に出ようとしたのである。

藩士に言われたとおり、戸に閂はかけていない。

お悠は、厠の端まで下がり、勢いをつけて戸に体当たりした。

戸のすぐ前に藩士が立っていると分かっていたからである。

入るときも、戸の隙間から、身を縮めるようにして入ったのだ。それは、小刀をつきつけておくためで、出るときも、すぐに首筋に刃を押しつけようとするにちがいなかった。

お悠の思っていたとおり、藩士は戸の前でいまかいまかと、いらつきながら小刀を持って待っていた。

そこへいきなり戸が外へ開いたのである。しかも、お悠が体当たりしたので、いくら体格に差があっても、不意打ちを食らった藩士は廊下に倒れ込んだ。
お悠は、よろけながらも体を立て直し、屋敷の表に向かって一散に駆けた。
そして、駆けながら、
「助けて、助けてください！」
大声を上げていた。
藩士はあとを追ったが、なにごとかと現れてくる藩士や女中の姿を見て、躊躇《ちゅうちょ》し
足が止まったようである。
お悠は、ともかく安全な場所へと駆けた。
駆けながら、離れた場所に立っている沖田監物を見た。
一瞬、監物と目が合ったが、その目に浮かぶ冷たい殺意に、背筋が凍りつくような
恐ろしさを感じた。
さらに、何人かの藩士たちからも、同じような視線を感じたのである。
お悠が過敏になっていたからかもしれないし、そこに味方がいるはずなのだが、す
べてがお悠を殺そうとしているようで恐ろしかったのである。
もっとも、すべてが敵なら、すぐに捕まっていそうなものだ。
ほとんどの者は、なぜお悠が助けてと叫びながら走っているのか、まったく分から

なかった。

お悠は外に飛び出ると、そのまま走った。

そして、気がついたときには、河原で倒れていたのである。

「あまりの恐ろしさに、なにもかも忘れてしまったというわけか」

話を聞き終わった陣九郎が言った。

「そのようです。それにお悠さん、国許の家族のことも案じていましたよ。このままでは、どのような罪に問われているか分からない。それによっては、国許にも累《るい》が及ぶんじゃないかって……」

「そうしたもろもろのことから逃げたかったわけだな」

「それを思い出したときのお悠さんは、さぞ辛かったことでしょうねえ」

三蔵は、お悠の気持ちを慮《おもんぱか》ってうなだれた。

「役人を嫌っていたのは、沖田監物という江戸家老が、役人も抱き込んでいると脅したせいだろうな」

「本当のことでしょうか」

「脅すためのはったりだろう」

「あたしもそう思うんですがね」

「しかし、万が一本当だったら、下手にお上には駆け込めないってわけか」

敵がどこにいるか分からないので、迂闊《うかつ》なことは出来ない。

陣九郎は、ふうっと溜め息をひとつつくと、

「それで、お悠は、どうしようと思っているのだ」

「そ、そんなこと決められるもんじゃありませんよ。どうしたらよいのでしょうって、すがりつかんばかりに訊かれたから、困っちまいましたよ」

「おぬしは、なんと答えたのだ」

「そりゃあ、ちょっと待ってくれってね。こういうときには、頼みになる木暮陣九郎さまという旦那がいらっしゃる。お悠さんもご存じの……」

「なんだ、俺に押しつけたってわけか」

「それしかないじゃないですか。あたしは頭がいいほうじゃないもんで」

「八卦があるだろう」

「そ、それは……」

「いちおう見たのだろう」

「まあ」

「で、どう出た」

「ことは待てばよいほうへ向かう。焦りは禁物と出ました。ただし、降りかかる火の粉は多しとも」

「ふむ……悪くはないな」

陣九郎は、腕を組むと、

「その八卦を信じようではないか。もっとも、火の粉は少ないほうがよいが」

不敵な笑いを浮かべて言った。


そのころ。尾上町《おのえ》の船宿伊勢元《いせもと》で、顔を突き合わせていたのは、助山藩江戸家老の沖田監物と、廻船問屋増田屋の主人惣右衛門である。

別室には、惣右衛門の用心棒、粂原勘兵衛が、そして、監物が連れてきた藩士が二人、ものも言わずに座っていた。

「おぬしの雇っている用心棒が逃してしまった浪人というのは、相生町の長屋にいる浪人と同じなのか」

監物の言葉に、

「おそらく」

惣右衛門が仏頂面《ぶっちょうづら》でうなずく。

「わしの手勢の者は、歯が立たなかったが……」

「用心棒の粂原先生は、もう少しのところで斬り殺せたそうですが、邪魔が入ってしまったとか」

「殺せなかったのなら、同じことだ」

監物が苦々しげに吐き捨てた。

「手傷を負っているので、今度、粂原先生が見つけたら、必ずや始末してみせるとのことです」

「それでは遅くないのか」

「いままで、なんの動きもないので、浪人者はお悠を匿っているだけかと思われます。お悠とて、訴え出てもたしかな証拠がない以上、無駄だと諦めておるのではないでしょうか」

「うむ……」

監物は、酒をぐびりと呑むと、

「いずれにしても、早く始末せねばならぬ。相生町の長屋に戻っておれば、そこを襲わせよう。なりふりかまってはおられぬわ」

「では、粂原先生を早速」

「それと、わしが連れてきた二人を一緒に連れていってもらおうか。国許から出てきたばかりだが、いずれも猛者《もさ》だ」

「歯が立たなかったかたたちと同じということは」

「無礼なことを言うな。江戸詰の者たちは、遊んでばかりで剣の修行がおろそかになっておったのだ。二人は違う」

「なら、頼もしいかぎり。勘兵衛どのだけで十分でしょうが、お二人の加勢があれば、さらに心強いですな」

惣右衛門は、伊勢元に来て、初めて笑った。

「明るいうちはいかん。夜のうちに、始末させよう」

「それまで、よいものでも食わせておきましょう」

惣右衛門は、手をポンとたたいて、店の者を呼んだ。

別室の三人への料理を注文したのである。

「ただし、酒はひとり二合までだ」

監物が釘を刺した。

四

その夜の深更《しんこう》。

九つ（午前零時ごろ）になったころだろうか、陣九郎は、ただならぬ気配に目が覚めた。

横に置いてあった刀を取ると半身を起こし、刀の鐺《こじり》で隣に寝ている三蔵をつつく。

「う……」

三蔵が目を開けたところへ、シッと陣九郎は指を手に当てた。

そこは三蔵の部屋である。

三蔵はお悠の居場所を知らないことになっているので、助山藩の手の者がくるとしたら陣九郎の部屋であろうし、勘兵衛が襲ってくるのも陣九郎である。

というわけで、三蔵の部屋に転がり込んでいたのである。

（思ったとおりに、俺の部屋へ向かっているな）

陣九郎は、外の気配をうかがいながら、これからどうするか思案した。

陣九郎の部屋がもぬけの殻だと分かったら、やはりつぎには三蔵の部屋へとくるだろう。それまでに逃げたほうがよいかどうかだ。

長屋は、台所の流しの下から隣と行き来できないことはない。隣から隣へと移って、離れた部屋から外に出ればよいのだ。ただし、長屋の連中に話を通していなかったので、もし気がつかれでもしたら声をかけられ、外の刺客たちに分かってしまう。

（ひとり、二人……）

さほど強い殺気ではないが、押し殺しているに違いないと思う。

「おい、三蔵」

陣九郎は、三蔵に台所の流しの下から隣へ移れと言った。

三蔵だけでも、逃がしたかったからである。

「逃げられたら、覚心寺へ行っておれ。俺もあとでいく。当分、覚心寺でお悠と一緒に匿ってもらったほうがよいな」

「は、はいな……」

三蔵は、手傷を負っている陣九郎の身を案じたが、自分では助けにならないことは、重々承知している。なにも言わずに台所の流しの下へと入り込んだ。

隣は、振り売りの磯次の部屋だ。いったん寝たら朝まで起きないから、隣に潜んでいる分には、大丈夫だろう。

ふと、陣九郎は部屋から持ってきた布袋のことを思い出した。

枕元に置いてある布袋の中にあるものを、ありったけ袂《たもと》に入れる。

袂が重くなるが、刀を振るのに邪魔になるほどではなさそうだ。

空になった布袋を置くと、陣九郎は土間に降り立った。

様子をうかがっていると……。

ガラッと腰高障子の開く音がした。陣九郎の部屋だ。

物音がしたが、やがてまた腰高障子の閉まる音がした。

陣九郎がいないことをたしかめ、出てきたのだろう。

三蔵の部屋へと向かってくるに違いない。

陣九郎は、腰高障子を勢いよく開けると、外に飛び出た。

「あっ」

武士がひとり声を上げた。

幸い、陣九郎の部屋は三蔵の部屋よりも奥だ。陣九郎は、木戸に向かって脱兎《だっと》のごとく駆け出した。

「待てっ!」

武士が声を上げて追いかけてくる。もうひとりも、つづく。

木戸の潜り戸は開いたままだ。

陣九郎は、潜り戸を抜けようとして足を止めた。

木戸を潜って入ってきた者があった。それは……、
目つきの鋭い粂原勘兵衛だった。

「ふん。こんなことだろうと思ったぜ」

にやりと勘兵衛は笑った。

「くっ……」

追いかけてきた武士たちは、すでに抜刀している。

陣九郎は、刀を抜くと、

「たあーっ」

打ち込んできた武士の刀を弾いた。

「うっ」

体が軋《きし》んで、皮膚《ひふ》がひきつれる痛みが襲った。

傷口が悲鳴を上げたのである。

勘兵衛が刀を抜く。

ズッと間合いを詰めた。

一撃で倒そうという気迫が、勘兵衛にあった。

長屋の路地である。長引いては、住人たちが起きて騒ぎ出してしまう。そうなると、面倒だからだろう。

殺して、死体をまた大川に捨てるか埋めるかしたいに違いない。

勘兵衛が、踏み込んだときだ。

「火事だあーっ」

大きな声がした。

カンカンカンカンカンと、鉦《かね》をたたくような音も近くで鳴り始める。

「なんだ、なんだ」

長屋のあちこちで、人の起きる気配がしだした。

「火事だあーっ」

の叫びも、絶えることなくつづいている。

「まずい、ことが大きくなる。退却《たいきゃく》だ」

武士のひとりが言い、もうひとりもしたがって走り出した。

勘兵衛だけが、顔をしかめながら陣九郎に刀を向けていたが、

「また命拾いしたな」

言い捨てると、踵を返した。

三人の刺客がいなくなっても、まだ、

「火事だーっ」

の声と、鉦をたたく音は止まない。

長屋の連中はすべて起き出し、外に出てきた。

「おい、三蔵、どこが火事なんだよ」

磯次の声がした。

陣九郎は磯次の部屋の前で、

「三蔵、もういいぞ」

叫びに負けないほどの大きな声で言った。

磯次の部屋から出てきた三蔵は、大汗を浮かべていた。

汗を手拭いで拭きながら、

「どうですか、あたしの機転は」

得意そうに鼻を動かした。

「上出来だ。おぬしは、俺の命の恩人だ」

陣九郎は、大げさではなく三蔵に感謝した。

「この野郎、なんの真似だよ」

長屋の連中が、三蔵に詰め寄ってきたので、陣九郎が代わりに謝り、危ないやつらが襲ってきたので、追い払うために仕方なかったのだと説明した。

「へえ……旦那も、なにしてるんですか。剣呑なことには、近づかないほうがいいですぜ」

金八が呆れた声を出す。

ほかの連中も、ぶつぶつ文句を言いながらも寝床に戻っていった。

「もう今夜はこないな。明日、尾けられずに覚心寺へ行くことにしよう」

三蔵の部屋に戻り、陣九郎は言った。

「当分、また仕事は出来なさそうですね」

三蔵の言葉に、

「うむ……だが、しばらくの間だ」

陣九郎は、自らに言い聞かせるように言った。

早くなんとかしないと、刺客に殺されてしまうおそれがあった。

袂に入れたものを、布袋に戻した。

（果たして、これが戦うときに役に立つかどうかだが……）

やってみなければ分からないと、陣九郎は思った。


翌朝早く、陣九郎と三蔵は、金八からもらった納豆を冷や飯にかけて朝餉にすると、すぐに荷物を持って長屋を出た。

荷物は、当分覚心寺にいることを考えての着替えである。

やはり尾けられている気配がする。

二ツ目之橋を渡ると、林《はやし》町一丁目と二丁目の境の通りを過ぎ、弥勒寺の境内に入って行った。

萬徳《まんとく》山弥勒寺は、深川では長慶《ちょうけい》寺と並ぶ大きさを誇っている。

広い境内には、まだ人はいない。

まっすぐに境内を横切っていくと、尾けている気配は薄れていく。

姿を見られるのを恐れ、隠れているために、離れてしまったようだ。

陣九郎は、三蔵に耳打ちすると、足を緩《ゆる》めた。

三蔵に先に行ってもらうことにしたのである。

弥勒寺の境内を抜けて、裏の出入り口から出てもらうことにした。

境内外れの雑木林の中に入ったところで、陣九郎は荷物を置くと木の陰に身を潜めた。

三蔵の姿は、雑木林の中に消えてしまっている。

すると、境内を走って突っ切ってくる武士の姿が見えた。

昨夜のひとりかもしれない。

武士が近づいてきた頃合いを見計らい、陣九郎は木の陰から出た。

ギョッとした表情で武士が立ち止まる。

「俺たちを尾けてきたのだろうが、尾けるのが下手だな。気を張り詰めすぎだ」

陣九郎の言葉に、

「うるさい。おぬしを確実に殺すために、逃げ出すのなら、その先を知ろうと思ったまでだ。もともと、拙者ひとりでおぬしを斬ってもよいのだ」

「それが出来ぬから、三人がかりだったのだろう」

「なにを吐《ぬ》かすか。勘兵衛のような浪人者に不覚を取った癖に」

武士は、抜刀した。

「痛いところを衝《つ》いてきたな。その通り、不覚を取った」

陣九郎も刀を抜く。

「だが、あいつは強かった。おぬしはそうでもない」

「な、なにを！　拙者は国許では一、二を争う腕前だ。おぬしなど、一撃の元で倒してくれるわ」

武士の言葉は虚勢ではなく、たしかに構えはしっかりしており、修行を積んだだけの迫力があった。

だが……。

「たしかに強そうだな。勘兵衛よりも、太刀筋はよさそうだ」

陣九郎には、勘兵衛に対するときとは違って、余裕があった。

「きえーっ」

武士が声を上げて打ち込んでくる。

「むん！」

陣九郎は、武士の刀を強く弾いた。

武士の体が泳ぐが、すぐに体勢を立て直す。

陣九郎は、武士が一瞬見せた隙に刀を見舞おうとしたのだが、出来なかった。体がまた悲鳴をあげたからである。

（いかん。余裕があるはずなのに、痛みから体が動かなかった。気にせずにいこうで

はないか）

ふっと息を吐くと、刀を構え直す。

「おぬしの剣はたしかに筋がよく、道場では強いだろう。だが、所詮は道場剣法だ。真剣での斬り合いでは、俺のほうが強い」

陣九郎の言葉を、わざと挑発したと受け取ったのか、

「なにを莫迦《ばか》なことを言っておる。それで拙者が動揺するとでも思っているのか」

武士は、せせら笑った。

「いや、そういうことではないのだ。本当のことを言ったまで。本来なら、刀の峰で打ち据えたいところだが、いまは傷のために無理だ。おぬしを斬らねばならぬが、許してくれよ」

陣九郎は、さも済まなそうに言った。いや、事実、済まないと思っている。

「その無駄口をたたけなくしてくれるわ」

言いざま、武士は、陣九郎に猛烈な勢いで打ち込んだ。

陣九郎は、その刀を軽く受けて流した。

強く弾かれるはずが、流されたので、武士は少しつんのめる。

その腹から肩口にかけて、陣九郎の刀が斬り上げた。

「ぐわっ！」

武士は、あまりの激痛に刀を取り落とし、膝をついた。

陣九郎は、また激しく軋むような痛みに耐えながら、

「傷は浅くはないが、まだ助かるだろう。血を止めて待っておれ。誰かそこらの者を呼んで医者へ運ばせてやる」

武士に声をかけた。

「む、無用だ。かくなる上は……」

武士は、脇差を抜くと、あっという間に首を引き裂いた。

「わわっ……」

噴出する血を見て、陣九郎はあわてた。

（なんという莫迦な奴だ……抜け荷のことを、こいつは知っているのか？）

どんなことであれ、主の命なら果たすのが武士だ。だが、命が藩主のものならよいが、たかが私腹を肥やそうとしている江戸家老の命である。

おそらく、藩主の命だと偽《いつわ》られているに違いない。

陣九郎は、死骸に手を合わせると、木の根の陰まで引きずって行った。

そこなら、すぐには死骸は見つからないだろう。

あとで、助山藩に使いをやって、死骸があることを教えてやるつもりだった。

第六章　俺は用心棒

一

ゆっくりと歩いている三蔵に合流し、ほかに尾けている者がいないかたしかめながら、陣九郎は覚心寺へと向かった。

覚心寺に着くと、慈念に挨拶してお悠のいる部屋に入った。

「どうだい、落ち着いたかな」

陣九郎が座るなり、お悠に訊いた。

「昨日よりは……」

暗い顔で応える。

「あんたの話は三蔵から聞いたのだが、なにか古くて高いものを南蛮に売りつけているようだな。なにか心当たりはあるかな」

「……思いつくことといえば、仏像や絵のようなものしか……」

「なるほど」

陣九郎は、腕を組むと、

「太古の昔からと信じ込ませようというのだから、絵ではないだろう。やはり仏像か神器のようなものか……だが、誰でも知っているような凄いものではないはずだ。ごろごろそこらに転がっているような地蔵のようなものを、高い金で売り払っているというところだろうな」

「そこらに転がってたって、住んでる人にとっちゃありがたいものですよ」

三蔵が口をとがらす。

「罰当たりなことをしているもんだ。これはひとつお仕置きしなくてはいかんぞ」

「お仕置きですか。どうやって？」

三蔵はポカンとした顔になる。お悠も目を見張った。

「いやなに、勢いをつけようと思って言ったまでだが……お仕置きは、俺がやるわけではないぞ。助山藩の藩主にやってもらうしかないだろう」

「では、直訴《じきそ》を」

お悠が身を乗り出した。

「お上にではないんですかい」

三蔵の言葉に、

「それもいいが、助山藩が大変なことになるぞ。お悠さん、あんたもそれは望んではいまい」

陣九郎がお悠を見る。

幕府の知るところとなると、最悪の場合、藩は取り潰しになる恐れがある。

そうはならなくとも、なにがしかの罰が藩に下されるだろう。

「……はい。やはり私は、助山藩士の娘ですから」

言い切ったお悠を見て、三蔵が寂しそうな表情になったのを、陣九郎は見て見ぬ振りをした。

「では、どうするかだが……」

陣九郎のつぎの言葉を、三蔵とお悠は息を飲んで待った。

陣九郎たちが覚心寺へ移った日の昼過ぎ。

助山藩上屋敷に、深川の弥勒寺裏の木の根元に、藩士の死骸があるという文が投げ込まれた。

投げ込んでいったのは、陣九郎である。

深編笠《ふかあみがさ》をかぶって顔を隠し、助山藩の上屋敷の前を通ったときに投げ込んだ。覚心寺へと戻る途中、数人の武士が陣九郎を追い抜いていった。戸板を担《かつ》いでいる者もいる。死骸を取りにきた助山藩の武士たちと知れた。

それから三日後の早朝。

助山藩上屋敷から、藩主兼光《かねみつ》が登城する日である。門が開き、槍持や武士たちに前後左右を固められて駕籠《かご》が出てきた。すでに、兼光は駕籠の中にいる。

武士たちの表情は硬い。ほんの少しの変わった動きも見逃さないように、江戸家老の沖田監物から言われているからだ。

監物は、兼光に対する暗殺の企《くわだ》てがあるとほのめかしていた。もちろん兼光を不安にさせてはいけないという配慮から、兼光には秘してある。お悠をいまだに捕まえられず、お悠から抜け荷のことを知った浪人者も仕留められていない。

監物は、お悠と浪人者を兼光に近づけないために、暗殺の恐れがあるという不安を藩士たちに植え付けたのであった。

だが、監物がいつも以上に警戒していなくとも、行列の中に入って直訴することなど困難を極めることである。まず無理といってよいだろう。

行列は上屋敷を出て、江戸城へと進んでいった。

上屋敷の門が音を立てて閉じられる。

このとき、上屋敷の中には、藩主はもちろんだが、江戸家老の監物もいない。監物の腹心の部下たちも行列の中にいた。

行列がすっかり見えなくなってから、深編笠に袴を穿《は》いた武士と有髪《うはつ》の僧侶、そしてお高祖頭巾《こそずきん》の女が上屋敷の前に現れた。

僧侶が、門をたたく。

「なんの用かな」

門番が物見窓を開けて訊く。

このとき、武士と女は物見窓から見えない離れたところにいた。

「さきほど行列が出ていかれましたが、行列が通りすぎたあとに気がついたのですがね。大きなものが落ちておりますよ」

「なんだ、それは」

「持つには重くて。ひょっとして駕籠が壊れたのかもしれません」

「駕籠が壊れるわけがないだろう」

「ええ。ですが、念のため、門番さんに見ていただきたいと思いましてね。覗くだけでいいのですが」

「うーむ、分かった。少し待ってろ」

門番は、わざわざうかがいを立てることもあるまいと、門の脇の潜り戸にまわってきた。門をたたいたのが僧侶だったという安心もある。

潜り戸を開けて、身を乗り出すと、

「どこだ」

すぐ横に立っている僧侶に訊く。

そのとき、武士が門の脇にいた。はっと門番が気づくが、

「うぐっ」

武士の当て身で、門番は気を失ってしまった。

この武士、深編笠の下の顔は陣九郎である。

そして、有髪の僧侶は三蔵だった。僧侶の衣は覚心寺から借りてきたものである。

武士の袴や袷《あわせ》は古着屋で調達していた。

まず陣九郎が門番を担いで潜り戸から入り、つぎにお高祖頭巾の女、そして三蔵が

入って、潜り戸を閉めた。

お高祖頭巾の女は、お悠である。

もうひとり、物見窓のある部屋に門番がいる。

音もなく入った陣九郎によって、その門番も当て身を食らった。

お悠は、勝手知ったる上屋敷である。陣九郎と三蔵をちらっと見ると、上屋敷の建家の中へと入っていった。

陣九郎は深編笠を取り、三蔵に渡すと、お悠のあとについていく。

三蔵は門番を縛って猿ぐつわをかませ、門番の部屋で待つ手筈《てはず》だ。

ずんずんとお悠が上屋敷の廊下を歩いていく。

それにつき従うように、陣九郎がつづく。格好は浪人風ではなく、月代も綺麗に剃《そ》り上げ、無精髭もない。

「あっ」

前方から歩いてくる女中がお悠を見て声を出した。

お悠は、にっこりと笑い会釈《えしゃく》をした。

その堂々とした態度に、女中も会釈を返す。訝《いぶか》しげな表情でお悠を見送るが、なにも言わない。すぐあとを通った陣九郎にも、小首をかしげるばかりだ。

そのような光景が、なんどか起きたあと、

「待て！　お悠ではないか。いままでなにをしていたのだ」

ひとりの藩士が、前に立ちはだかった。

「奥方さまに会わねばなりません。そこをお退《の》きください」

お悠は、凛《りん》とした声で言った。

「いいや、そうはいかぬ。お前は逆賊だと聞いておる」

「逆賊だなどと……それはいったいどなたが言っているのですか」

「江戸家老の沖田どのだ」

「その沖田さまの不正を奥方にお知らせに参上するのです」

「なに……沖田どのの不正？　それは面妖《めんよう》な。しかし、なぜ奥方に」

「沖田さまのせいで、お殿さまにはお会いできないからです。一刻を争うのです。そこをお通しください」

「それはならぬ」

藩士は仁王《におう》立ちになった。

すると、陣九郎がすっと前に出る。

「な、なんだ、おぬしは……」

武士なので藩士だと思っていたのだろう。改めて顔を見ると、見覚えがないことに驚いている。

「ぐっ……」

武士の目が裏返った。

「おや、気分でも悪くされた。休まれるとよかろう」

陣九郎が抱きかかえて、すぐ近くの障子を開けて中へと入れた。幸い座敷には誰もおらず、当て身で眠らせた藩士を寝かせるに好都合だった。

だが、そのまますんなりと奥までいけるほど甘くはなかった。

藩士とのやりとりを見ていた者がいたのだろう。屋敷に残っている藩士たちが、どやどやと背後から近づいてきた。

その中に、振り返った陣九郎の顔を見て仰天《ぎょうてん》する者がいた。

「お、おい！　この男は……月代を剃ってはいるが、あの浪人者ではないか」

「そ、そうだ、からけつ長屋の……」

竪川の河原で、陣九郎が倒した四人の武士のうち二人がそこにいたのである。

「木暮さま、あと少しです」

お悠が囁く。

「よし、ここはまかせていってくれ」

お悠をいかせると、いきり立つ藩士たちの前に、陣九郎が立ちふさがった。

「助山藩にとって大事なことなのだ。黙ってお悠を、奥方の元へいかせてくれ」

陣九郎が言うと、

「なにをほざくか。沖田どのは、お悠は隠密だと言っておったわ」

陣九郎に河原で気絶させられた藩士が怒鳴った。

「曲者《くせもの》だ！　奥方の身が危ない」

もうひとり、河原で当て身を食らった武士が叫び、刀の鯉口を切った。

おおっとみな口々に呼応し、刀に手をかける。

「待てまて。こんなところで刃傷沙汰はまずいのではないか」

陣九郎の言葉に、みな抜刀をためらう。

「お悠どのが本当に隠密なら、ここへ乗り込んでくるわけがなかろう。頭を冷やしてもらいたい」

藩士たちは顔を見合わせて、陣九郎の言葉を吟味《ぎんみ》している。

「こいつ、拙者らを攪乱《かくらん》しようとしておるのではないのか。いったい、おぬしは何者なのだ。なぜ、お悠を匿ったり、こうして乗り込んできたりするのだ」

河原の藩士が、陣九郎に詰め寄った。

「そうだ、お前は何者だ」

もうひとりも口から泡を飛ばす。

「俺か……」

陣九郎は、二人を交互に見て、

「俺は……用心棒」

ふっと笑った。

二

「用心棒だと……?」

「そうだ。お悠の用心棒だ」

「金をもらって、お悠を守っているというのか?」

藩士たちは、合点がいかない顔になる。

「金はもらってはおらぬ」

「では、なぜだ」

「したいからしているまで」

「ええい、こいつの戯《ざ》れ言《ごと》に惑《まど》わされるな」

河原で気絶させられた藩士が、ついに抜刀した。

「おおっ」

もうひとりもつづく。

「仕方ないか」

陣九郎が刀に手をかけたときである。

「お止めなさい」

気高《けだか》くも峻烈《じゅんれつ》な声が轟《とどろ》いた。

藩士たちの動きがぴたりと止まった。

陣九郎が刀に手をかけながら、振り向くと、そこに品のある武家の女が立っていた。奥方であることはすぐに分かる。

「ここは、助山藩上屋敷です。殿が登城されているところ、その留守を預かっている私が、乱暴狼藉《ろうぜき》は許しません」

「で、ですが、この曲者が……」

藩士が言い差したが、

「お黙りなさい」

一喝され、押し黙った。

「刀を納めるのです」

奥方の言葉に、抜刀した者たちは、刀を鞘に納めた。

陣九郎も、刀から手を放す。

「まだ、すべてお悠から聞いたわけではありませんが、少しだけでも、このごろ妙に思っていたことが腑《ふ》に落ちてまいりました。さらに、お悠と話したいので、お静かに願います」

くるりと踵を返す。

陣九郎は、藩士たちを見て、

「では、お待ちしていようではないか、皆の衆」

ふざけた調子で言った。

「くそっ」

藩士たちは……とりわけ陣九郎に痛い目にあったふたりは、陣九郎を睨みつけた目を離さなかった。

助山藩の上屋敷から、深編笠の武士、有髪の僧侶、そしてお高祖頭巾の女が出てくると、足早に去っていった。

武士は、気配を探り、僧侶はあとを振り返り振り返りして、尾けてくる者がいないかをたしかめている。

奥方は、お悠に屋敷に残って、兼光にも話してもらいたいと言ったそうである。だが、お悠は沖田監物が恐かった。

さらに、お悠が屋敷の外にいることが、監物への切り札になると奥方が思い直した結果、三人でまた出てくることになったのである。

「兼光って殿さまは、奥方の言うことを信じなさるのですかね」

覚心寺が近くなってから、三蔵がお悠に訊いた。

「お殿さまは、奥方さまに頭が上がりません。信頼もされております。おまかせしていれば大丈夫ですよ」

お悠は、初めて見せるほがらかな笑いを浮かべた。

「俺も、あの奥方なら信じられる気がする。まあ、すぐにとはいかないだろうが、沖田監物は、藩から仕置きされるだろう」

陣九郎も、三蔵に請《う》け合った。

覚心寺で過ごすうちに、陣九郎の傷も癒《い》えてきた。

さらに、素振りもしているので、体の力もついてきていた。

立ち合い稽古をしたいところだが、剣術道場に通うのは避けていた。

というのも、助山藩のほうはよいとしても、廻船問屋増田屋と、その用心棒である粂原勘兵衛が気がかりだからである。

どこかで見られて、覚心寺を突き止められてしまえば、お悠の身が危ない。

抜け荷が駄目になったことで、その恨みが陣九郎とお悠に向けられるかもしれないからである。

さらに、用心棒の勘兵衛は、二度も陣九郎を斬り損じている。あのような蛇《へび》のように執念深い刺客は、逃した相手をそのままにしておきたくはないはずである。

お悠と三蔵とともに、助山藩の上屋敷へ乗り込んでから十日が経った。

ついに、沖田監物失脚の報が届いた。

覚心寺にお悠がいると教えていたわけではない。だから、お悠に報《しら》せが直《じか》に届いたというわけではなかった。

報せは、あらかじめ奥方と決めておいた方法によってなされたのである。

失脚の報を伝えにきたのは、羅宇屋の信吉だった。

馬面が鼻息を荒くしながら、覚心寺の境内に入ってくると、

「おお、いたいた。木暮の旦那、ありましたよ。昼まではなかったのに、昼餉を食べ終わって長屋を出たら、あったあったありましたよ」

また鼻息を荒くする。

長屋の木戸に貼り紙がしてあった。そこには……、

「心配無用、万事恙無《つつがなく》無決着」

と、書いてあった。

貼り紙があったら、覚心寺まで伝えてほしいと、知念を通じて信吉に頼んでおいたのである。

文句は、あらかじめ奥方とお悠が決めたものだった。

なぜ信吉にしたのかというと、深川まで商売で歩いてくるには、振り売りや納豆売りでは不自然だからである。

となると、与次郎売りの東吉か、羅宇屋の信吉ということになる。あちこち歩きまわっているので、覚心寺のことも知っている。

知念に頼むには、馬面の男といえば分かりやすいので、信吉にしたのだが、それは信吉には内緒だった。

信吉は事情も知らないで、貼り紙があったら伝えにきてくれると請け合っていてくれた。しかも、誰にも言わずにだ。

「かたじけない。これで酒でも呑んでくれ」

陣九郎は、小粒を信吉に渡した。

慈念から借りた金だが、なにも礼をしないわけにはいかないと思ったのである。

「そんなつもりじゃあなかったんですが……じゃあ、ありがたく」

信吉は、小粒を懐に突っ込むと、

「そうそう、木暮の旦那を探してるお侍がいましたよ」

ふと思い出したように、陣九郎を見る。

「色の浅黒い目つきの鋭い奴か」

条原勘兵衛かと思った。

「へえ、目つきは鋭くて、色も黒いんですよ。陽に焼けて真っ黒でしてね」

少し違うようだなと陣九郎は思った。信吉はさらに、

「それで、髷は結わないで、髪をうしろに束ねて……なんだか岩みたいなごっつい体

つきなんです。それが、木暮陣九郎はおるかとかなんとか訊きまわってました。どこにいるのかともね。みんな知らねえって言ってましたがね。あっしもですが」

明らかに勘兵衛とは違う。

「総髪の武士か……」

陣九郎に心当たりはなかった。

芝田《しばた》弦幽斎は、江戸に出てすぐに、浅草の涌井帯刀の隠宅へ赴いた。

そこで、斬ってほしい相手が相生町のからけつ長屋というところにおり、名前は木暮陣九郎だと教えられた。

すぐさま、相生町へと行ったのだが、からけつ長屋はあるが、肝心の木暮陣九郎の姿がない。たしかに長屋に住んでいるようだが、このところ不在なのだそうだ。

どこへ行っているのか知っている者はいないという。

すぐにでも立ち合うことが出来、それが終わったら、またすぐに国許へ帰るはずだったのだが、当てが外れた。

弦幽斎は、毎日のごとく、陣九郎らしき浪人が現れないかと、からけつ長屋にやってきていた。

浪人者はいるにはいたが、聞いていた人相と著《いちじる》しく違う白い狐顔で、名前も袴田弦次郎というのだと、木戸番に訊いて分かっていた。

その袴田弦次郎が、木戸の前にたたずんでいる弦幽斎に近づいてくると、

「あんた、木暮を探しているようだが、どんな用があるのだ」

と訊いた。

「ぜひに立ち合いたい」

弦幽斎に、駆け引きなどは無縁である。

「ふうん。斬りたいわけか」

「そういうことだ」

「なら、こんなところで待ち伏せていると逃げられるぞ」

「逃げ出すような奴なのか」

もしそうなら、斬るほどのこともないと思った。涌井帯刀は落胆するだろうが、そんな相手と斬り合っても面白くはない。

「そうかもな。いまも、逃げているようなものらしいぞ」

「つまらぬ奴だな」

弦幽斎は興味を失いかけた。

その表情を、弦次郎は読み取ったようで、

「だが、腕は凄いぞ。逃げているといっても、いろいろ訳ありのようだ」

興味をつなぎ止めようとして言う。

「どんな訳だ」

「女を匿ったりしているようだ。詳しいことは知らん。だが、それが一段落するなり決着するなりしたら、帰ってくるだろう」

「そうか……」

女を匿うのなら、自分も姿を消しているのもうなずける。女に危害が及ぶのを避けるためだろうと弦幽斎は思った。

「木暮が帰ってきたら、俺が教えてやるよ。どこに住んでるのだ」

弦次郎の言葉に、

「なぜ、おぬしが教える」

弦幽斎は眉をひそめた。

「金をいただきたい。世は金だ」

「浅ましい奴だ」

弦幽斎は、吐き捨てるように言った。

「なんとでも言ってくれ。その代わり、教えたらきっちり二両払ってもらおう」

「二両だと……」

弦幽斎は顔をしかめた。それだけで二両というのは高い気がする。だが、帯刀に言えば出すだろう。

そこで弦次郎と弦幽斎の交渉は成立した。偶然にも一字同じ名前の男同士だが、その物腰、人となりは、まったく違っていた。

実は、弦次郎には先約があった。

陣九郎が帰ってきて、それを教えたら二両受け取る約束になっている。それは、色浅黒く目つきの鋭い浪人者であった。

名前は、粂原勘兵衛と聞いている。

(両方とも同時に教えてやるとするか……)

とはいっても、弦次郎ひとりが両方に教えるのだから、まったくの同時というわけにはいくまい。住んでいる場所も離れている。

弦次郎は、陣九郎が早く帰ってこないかと、待ち遠しくてたまらなかった。

三

陣九郎と三蔵は、お悠を助山藩上屋敷に送り届けた。

出来れば中までと思ったのが、それは叶《かな》えられた。

なんと、藩主兼光から直々に陣九郎と三蔵にねぎらいの言葉をかけられたのである。

陣九郎と戦った藩士たちも、廊下ですれ違った折りに、なんともバツの悪そうな顔で会釈してきた。

無論、沖田監物とともに処罰された者もいるのだろうが、陣九郎には分からない。

その沖田監物だが、切腹を申しつけられて自刃したという。

兼光から、それぞれ五両の報奨金をもらい受け、陣九郎と三蔵は上屋敷をあとにした。

五両のうち三両は、世話になり金も貸してもらった覚心寺へ持っていくつもりである。三蔵も同じ気持ちのようだ。

それでも二両もの金が懐に残る。

「当分、からけつではないぞ」

陣九郎は、さぞ三蔵も喜んでいるだろうと思いきや、

「はあ……」

浮かぬ顔である。

「そうか、もうお悠と会えぬな」

「ときどき、八卦を見に来てくださいなんて言われましたがね、そうそう屋敷を出られるもんじゃありませんよ。本心ではないでしょうし」

三蔵には、お悠の気配りとしか思えないようだ。

「嘘ではあるまい。八卦見に行けばよいではないか」

陣九郎は水を向けるが、

「いいえ。辛いだけですよ。どうせ、身分が違うんだし、端《はな》っから相手になるわけがないんですから」

「……」

陣九郎は、慰《なぐさ》める術《すべ》もなかった。

「近くにいて、お悠さんのために働けたってだけで、あたしは満足ですよ」

三蔵は、思いを吹っ切るように言った。

目に光るものが見えたので、陣九郎は目を逸らし、

「酒を買って帰ろう。久しぶりに、長屋の連中を集めて呑もうではないか」

努《つと》めて明るく言う。

「そうですね。ぱあーっといきましょう」

三蔵も、わざとはしゃいだ声を出した。


その夜は、久しぶりに帰ってきた陣九郎と三蔵が、酒と肴を持って現れたものだから、長屋総出で歓迎してくれた。

ふたりがどこへ行っていたのか、しつこく訊く者はいない。

話せば面白がって聞くだろうが、無理に訊きだそうとはしない。

みんな江戸の住人である。野次馬根性にかけては人後に落ちない。だが、隣人が表立って言えないことは、詮索しないのも江戸の流儀である。

三蔵は上機嫌で、いつになく杯を矢継ぎ早に飲み干していた。

そのせいで酔いのまわるのが早く、

「おいこら、皆の衆、よく聞けよ。お前らな、滅多な拾いものをするんじゃないぞ。それがどんなに綺麗なもんでもだ。どうせ縁がないから、あとで辛い気持ちになるの

は目に見えてんだよ」

　説教めいたことを突然言い出した。

「なに言ってんだ?……さしずめ、武家娘のぴかぴかの簪でも拾ったのか。そりゃあ見つかりゃ怒られるぜ。ざまあねえや」

　辰造がまぜっ返す。すると、

「そうなんだよなあ、ざまあねえや」

　三蔵の目から涙がぽつりと落ちた。

「お前、呑みすぎじゃねえのか」

　金八に肩をどやされると、三蔵は声を上げておいおいと泣き出してしまった。

「こいつ、どついたくらいで大げさだぜ」

　一同呆気にとられたが、三蔵は泣きつづけている。

　その涙の訳を知っているのは陣九郎だけだった。

　夜も更《ふ》ければ、眠ってしまう者、酔っぱらって訳の分からないことを言い合っている者、ただ黙々と呑んでいる者と、てんでんばらばらである。

　陣九郎の部屋には、出たり入ったりと、長屋の連中が忙しく入れ替わっていたが、いまは三蔵と信吉が沈没しており、金八と東吉が、まだ酒を呑んでいる。

陣九郎の前には、磯次がいて、盛んに酌をしてくるが、徳利に酒は入っていない。入っていないと何度言っても、同じ徳利で酌をしてくる。相当酔っぱらっているようである。

陣九郎は、みなに酒を振る舞うのに忙しく、あまり呑んではいなかった。

(まいったな。俺が酔う前に、酒がなくなってしまうではないか)

酒の入っている徳利を、金八と東吉の前から持ってこようと立ち上がったときである。腰高障子の外で殺気がした。

立ったまま、外をうかがっていると、やがて腰高障子が開き、

「酔っていても、容赦《ようしゃ》はせんぞ」

粂原勘兵衛が立っていた。

長屋を出て、火除け地まで歩いた。

幸い、金八も東吉も、そして磯次も、酔っぱらっているせいで、勘兵衛がなにをしにきたのか、まるで分からず、陣九郎の知り合いだと思ったようである。

二間離れて、二人は対峙した。

同時に刀を抜く。

びゅうと、生暖かい風が二人に吹きつけてきた。湿気を含んだ風で、梅雨《つゆ》が近いことを思わせた。

そのころ、弦次郎は、

「ひどい奴だ。あんなのは木暮に斬られてしまうがいい」

憤懣《ふんまん》やるかたない思いで、ぶつぶつ言いながら浅草へ向かっていた。

弦次郎は、陣九郎が帰ってきたのをすぐに知ることはなかった。

割のよい用心棒の仕事が昼間にあり、そこで夕餉を出してくれるというので、食べてきたからである。

帰ってきて、長屋が騒々しいので驚いた。そして、陣九郎の部屋がとくに騒がしく、陣九郎と三蔵が帰ってきたことが分かった。

「袴田さまも、どうでやす？」

弦次郎を見かけた金八が出てきて、誘ってきたが、

「わしは、いまたらふく食ってきたところで眠くてしかたない。もう休むゆえ、木暮どのによろしく伝えてくれ」

普段は言わないことまで口をついて出た。

早く勘兵衛と弦幽斎に伝えようと思い、こっそりと忍び出たかった。そのために、眠っていることにしたかったのである。

よろしく伝えてくれというのは余計だったが、少し後ろめたい気持ちがあったのかもしれない。自分に甘いところがあるなと、弦次郎は苦笑した。

勘兵衛は、尾上町の船宿にいた。

弦次郎が、陣九郎が帰ってきたことを伝えると、

「そうか。ならば、これから斬ってくるとしよう」

刀を腰に差して出てくると、相生町に向かって歩き出した。

「おい、なにか忘れてはおらぬか」

弦次郎が呼び止めると、

「なんだ……おお、そうか」

気がついたようで、弦次郎に近づいてくる。

てっきり金を渡してくれると思っていた弦次郎は、勘兵衛の手が懐へは向かわず、腰の刀へかかったのを見た。

「わわわっ」

弦次郎は、素早く後ずさりして間合いを取ると、

「辻斬りだと大声を出すぞ」

必死になって言った。

「ふん。お前など斬っても刀の錆《さび》になるだけだ」

勘兵衛は、なにごともなかったかのように歩き出した。

どうやら脅しだったようだが、弦次郎は生きた心地がしなかった。

だが、勘兵衛の姿が見えなくなり、落ち着いてくると、怒りがふつふつと胸に煮えたぎってきたのである。

弦幽斎のような田舎侍なら、約束を違《たが》えることはないだろうと弦次郎は思い、弦幽斎が寝泊まりしているという、浅草の宿へと急いだのである。


陣九郎と勘兵衛は、お互いに青眼で対していた。

（こいつ、この前より大きく見える……）

勘兵衛は、陣九郎に前にない迫力を感じた。

前は、単に陣九郎の腹が減っていたからで、いまは腹が満ちているからなのかもしれないが、このところの素振りで陣九郎が逞《たくま》しくなっていることもあるだろう。

そのほんの少しの違いが、勘兵衛を戸惑わせた。

そして、なにか陣九郎が妙なのだ。なにが妙なのか……それがよく分からない。

実は陣九郎、長屋から出てくる前に、布袋の中のものを袂に入れてきたのである。

そのせいで、袂が普通よりも垂れている。

なにが妙なのか分かればどうということはないのだが、勘兵衛はこれにも戸惑っていた。

(なんだか分からぬが、しゃらくさい!)

勘兵衛は、ジリッと間合いを詰めると、

「しゃあ!」

裂帛《れっぱく》の気合を持って打ち込んだ。

ギンッ!

陣九郎の刀が、勘兵衛の打ち込みを弾く。

勘兵衛が、すかさず二の太刀を振るおうとしたときである。

「うわっ」

勘兵衛の顔面に、なにかが飛んで当たった。

一瞬の隙が出来た。

陣九郎は、刀を一閃させた。

勘兵衛の胴を横一文字に薙《な》いだのである。

「ふ……不覚」

ぶほっと勘兵衛は口から血を吹き出し、倒れていった。

「こうでもしなかったら、俺が斬られていた。卑怯と思ってもかまわぬ」

陣九郎は、懐紙で刀を拭きながら、勘兵衛に言った。

「……卑怯とは、思わぬ。どんな手を使っても……相手を斬るのは……俺の流儀だから……それをやられただけの……こと」

勘兵衛はこと切れた。

陣九郎は、転がっている骰子をつまんだ。

この骰子を口に含んでおいたのである。

勘兵衛の刀を弾いた瞬間、勘兵衛の顔面に向けて、骰子を口から吹き出した。それをまともに顔に受け、勘兵衛に隙が生まれたのであった。

四

陣九郎は、勝ったとはいえ、人を斬ったいやな感触と、不意打ちをしたことの後ろめたさで、気分が重かった。

出来れば正々堂々と勝ちたかったが、勘兵衛相手だと、どうにも心許なかったのである。

（そんなにまでして、俺は生きたいのか……）

自問した。その答えは……、

（生きたい。まだまだ死にたくはない。だが、なぜだ……）

志乃が自刃したときから、生きる屍《しかばね》のようだった。だが、長屋で暮らし、貧しいながらも生き生きと毎日を過ごす連中と交わるにつれて、屍ではなくなってきたのである。そして……。

ふと、陣九郎の頭に、ひとりの娘の顔が浮かんだ。

それは志乃ではない。志乃とは似てはいるが、志乃のようにおっとりと静かではなく、活発そうな娘である。

（お春といったか……なぜ、あの娘を思い出すのだ）

陣九郎は、自分の心の変化に戸惑っていた。

長屋へ戻ってみると、さっきまで起きて呑んでいた磯次や東吉、金八も折り重なるようにして眠ってしまっていた。

（まいったな。俺の寝る場所がないではないか。寝るなら、自分の部屋に戻って寝てもらいたいものだ）

仕方ないので、ほかの部屋で寝るかと、陣九郎は思った。

涌井帯刀の隠宅にいた弦幽斎は、料理屋駒玄からの使いに呼ばれ、飛び出していった。すると、駒玄に弦次郎が待っていたのである。

「木暮陣九郎が、帰ってきております」

弦次郎の言葉に、弦幽斎はやっと立ち合えると喜色を顔に浮かべた。

「つきましては……」

「ん？……なんのことだ」

首をかしげる弦幽斎に、

（こいつも払わぬつもりか……）

弦次郎は険しい顔になり、斬りつけられたときのために身構えた。

「なんだ、なにを恐れておるのだ」

「金を払ってもらえぬことを恐れております」

弦次郎は、いつでも逃げられるように、中腰になっている。

「なんだそのことか」

弦幽斎は、懐を探って料紙で包んだものを取り出した。

「おぬしが教えにきてくれたときのために、こうして持っておったのだが、いまのいままで忘れておった」

弦次郎の前に放った。

あわてて拾い上げ、料紙をとると、そこに二両分の銀貨があった。

「では、わしは行くぞ。その金で、ここで旨いものを食うもよし、このまま帰ってもよいぞ」

言い置いて、弦幽斎は出ていった。

弦次郎はしばらく思案し、ここが浅草なのを思い出した。

浅草ということは、吉原が近いということである。

「二両か。本来なら四両手に入れているはずなのだが……仕方ない」

吉原に繰り出すことにした。

山で鍛《きた》えただけあって弦幽斎は健脚である。

駕籠など使わずに、ずっと小走りのまま相生町にたどり着いた。

まだ四つ（午後十時）前なので、木戸は開いている。

からけつ長屋の路地に入ると、陣九郎の部屋の腰高障子を一気に開けた。

「むっ……」

押し寄せてくる熟柿臭さに、鼻を覆《おお》って顔をしかめた。

行灯の火は灯心が絞ってあり、かすかな明かりしかない。だが、何人もの男が寝ていることは分かる。

「おい、ここに木暮陣九郎はおるか」

弦幽斎は大声を出した。

だが、誰一人起きる気配はない。

弦幽斎は、行灯に手を伸ばし、灯心を出して明るくした。

（この中には、おらぬな）

みな町人である。行灯の灯心を絞って置くと、腰高障子を閉めた。

（あの浪人、嘘をついたのではないだろうな）

といぶかりつつ、路地に立って、陣九郎の名前を呼んでみる。すると……、

「なんですか」

三軒隣の腰高障子が開き、ひとりの浪人が出てきた。

「おぬしが、木暮陣九郎か」

「そうだが」

月明かりに照らされた陣九郎の顔は、大きな二重の目に、笑い皺の深い目尻をしており、どことなく愛嬌《あいきょう》がある。

「わしは、おぬしを斬りにきた芝田弦幽斎と申す。勝負せい」

「はあ？　ということは、おぬしは増田屋に雇われたのか」

弦幽斎の言葉に、
訊き返す。

「増田屋など知らん。いいから、早く刀を持って出てこい。そしたら、ここらで斬り合うにちょうどよい場所へ案内せい」

「と言われてもね。訳が分からないのに、斬り合うなんて出来ぬことだ」

やけにのんびりした声だ。

「それもそうだな」

弦幽斎も、同じようなものである。誰かが聞いていたとしたら、これから斬り合う者同士とは、とても思えないだろう。

そのとき、陣九郎は信吉が言っていたことを思い出した。総髪を後ろで束ねた、色が黒く岩のようにがっしりした男が陣九郎を探していたということを。

その男が目の前にいた。

「だが、わしは斬れと命じられただけで理由は知らんのだ」

「誰に命じられたのだ」

「涌井帯刀どのだ」

その名前を聞いて、少しは陣九郎の体にまとわりついていた酔いというものが、一気に消し飛んでしまった。

「い、いま涌井……帯刀どのと」

「おお、そうだ」

志乃に懸想《けそう》し、それが叶えられぬと凌辱《りょうじょく》し、志乃の自害のあとに陣九郎を襲って返り討ちにあった、あの涌井一馬の父である。

十年前の出来事が、走馬灯のように陣九郎の頭の中を駆けめぐった。

「おぬしは涌井どのとは、どのような……」

「恩義があるのだ。ただひたすら剣の修行をするために、涌井どのが面倒を見てくれている」

「ということは、久住藩で……」

「うむ。江戸に出てきて、まだ五日目だ」

「そうか……」

それまでの快活な面影が、陣九郎から消えていた。

黙って部屋に戻ると、刀を差して出てきた。

「行こう」

再び、陣九郎は火除け地へと向かった。


火除け地には、陣九郎が菰《こも》をかぶせた勘兵衛の死骸がある。

「そこにあるのは骸《むくろ》か」

「そうだ。俺がさきほど斬った」

「ほう。おぬし、やるではないか。ますます楽しみになってきたぞ」

弦幽斎は舌なめずりをすると、刀を抜いた。

ビュンと大きく振る。

「さあ、おぬしも抜け」

好物を目の前にした子どものような顔つきになっている。

陣九郎は、顔をしかめると、

「そんなに人を斬りたいのか」

刀を抜いた。

「誰でもというわけではない。強い奴と刃を交えて、そいつを斬りたいのだ。ただ、なかなかそのようなことは出来ぬ。たまに頼まれるが、藩の偉そうな爺さんを暗闇で斬ったりするくらいで、面白くもなんともない」

どうやら、涌井帯刀に使われている暗殺者なのだろうと陣九郎は腑《ふ》に落ちた。

そして、この男は気が狂れているといってよいに違いない。

刀を構えて対峙すると、それまでの飄々《ひょうひょう》とした弦幽斎は消えていた。

代わりに、殺気の塊《かたまり》がそこに立っている。

柔和《にゅうわ》そうだった目が、狂気を孕《はら》んでギラギラと光っている。

妖しい月の光に照らされた弦幽斎は、妖怪のようなおどろおどろしさを漂わせていたのである。

（なんということだ。勘兵衛にやっと勝てたと思ったら、それ以上の相手が現れるとは……）

陣九郎は、総身が粟立《あわだ》つのを覚えた。

刀を持つ手に汗が滲み出してくる。

獣の雄叫びのような声を発して、弦幽斎は陣九郎に襲いかかった。

「うわりゃーっ」

速く鋭く重い。

打ち込まれた刀を弾いたときに、一瞬にして弦幽斎の太刀筋がいかに凄いかを陣九郎は感じ取った。

二の太刀もかろうじて受ける。

立ち合う前、勘兵衛とのときと同じく、陣九郎は骰子を口に含んでいた。

弦幽斎の顔面に向けて、骰子を勢いよく飛ばした。

だが、飛んできた骰子を、弦幽斎は眉間《みけん》で弾いた。

当たったのではない、自ら眉間に骰子を当てて弾いた。

骰子は目に向かって飛んでいたから、わざと眉間に当てたのが陣九郎には分かった。

隙もなにも生まれない。

またも飛んできた刀を、陣九郎は受けようとしたが、受け損なった。

鋭い痛みが腕に走る。

右の二の腕を斬られていた。

飛びすさって、構え直す。二の腕からぽたぽたと血が滴ってくる。

「もう少し歯《は》ごたえのある奴かと思ったのだがなあ。口から妙なもんを飛ばしただけが取り柄《え》なのか」

弦幽斎は、にたにたと笑っている。

陣九郎は、その言葉を聞いて腹が据わってくるのを感じた。

「そうだ。実は俺は……」

刀を血の滴る右手一本で持つと、左手を右の袂につっこんだ。

「曲斬りの芸人なのだ」

左手一杯に持った骰子を宙に放り投げた。

「むん！」

陣九郎の刀が、目にも止まらぬ速さで宙に舞った。

「わっ」

弦幽斎は思わず目を瞑《つむ》った。

顔面に飛んできた骰子はよく見えていたのだが、このパラパラと雹《ひょう》のように飛んできたものは、細かすぎて目に入りそうになったのである。

しかも、白いものだけではない。陣九郎の右腕から滴る血までもが、弦幽斎の顔面に飛んできたのだった。

その一瞬の隙に、陣九郎の刀が襲った。

だが、弦幽斎は目を瞑っても獣のような勘が働いた。

二人の刀が交わらずに、お互いの肉を斬った。

「うぷっ」

「ぐっ……」

二人は、血を吹き出しながら、同時に倒れていった。

五

陣九郎は、目を開けると、またも観音様を見た。

いや、吉祥天女か……いやいや、志乃を見たのだ。

やがて、頭がはっきりとしてくると……それが志乃ではなく、志乃に似てはいるが、おっとりとはしておらず、目がくるくると活発に動く娘だと分かった。

(夢か……以前にも同じようなことが)

ぼんやりとした頭で考えていると……。

「木暮さま。やっと気がつかれましたか」

はっきりと声が聞こえた。

「あなたは……」

「お春です」

そう、お春といった。旗本屋敷で行儀見習いをしている扇屋の娘だった。

「なんでまた、お春どのが……」

言いながら、弦幽斎に斬られたことを思い出した。

陣九郎も手応えを感じたのだが、弦幽斎の刀も陣九郎の胸を斬り裂いたはずだ。

「相生町の火除け地で、血まみれで倒れていたところを、お医者さまのところに運ばれたのです」

「では、ここは……」

「亀沢町にある古屋《ふるや》玄友《げんゆう》先生の診療所《しんりようじよ》です」

「亀沢町か……お春どのの扇屋があるのだったな」

「あら、嬉しい、覚えてくれていたのですか」

「うむ……」

陣九郎は、顔が火照《ほて》るのを感じた。

「たまたま家に帰っておりましたところ、深手を負ったお人が運び込まれたので、手伝ってほしいと言われたのです。私は、お屋敷に上がる前は、よく玄友先生のお手伝いをしていたものですから、それで」

それでやっと、お春がいることの合点がいった。

「木暮さまは丸一日半眠りつづけておいででしたが、まだ起き上がってはいけませんよ。傷が開いてしまいます」

また同じようなことを言われたと思ったが、今度のほうが、よほど重い傷のようである。なにせ、まったく体に力が入らないのだ。

なんとか少し動かしてみようとすると、胸と腹に激痛が走った。

「では、私はもうお屋敷に戻らないといけません。どうかお大事に」

お春はにこやかな笑みを残して去っていった。

残るは殺風景《さっぷうけい》な診療所の風景である。

診療所といっても、普通の座敷に代わりはない。

天井の節穴を数えることしか出来はしない。

などと思っているうちに、またも眠りに落ちていった。

やっと半身を起き上がらせるまでになったのは、傷を負って三日後のことだった。

「内臓まで刀が達しておらなかったのは運がよかったのう」

禿頭《はげあたま》を光らせた玄友は、陣九郎に言った。

ともに倒れていた弦幽斎は、助からなかったそうである。

役人の検分もやってきたが、弦幽斎の身元は分からないそうである。

陣九郎は、久住藩のこと、涌井帯刀のことは話さなかった。話しても、町方の手が涌井に及ぶはずもない。

十年前の確執が、まだつづいていることを陣九郎は痛切に感じていた。

人は、過去の出来事と完全に切り離されては、生きていけないのだろうかと思う。

いつか、まったく新たな人生を歩みたいと願う気持ちは切実だった。


十日後の朝、診療所を出て、陣九郎はからけつ長屋へ戻ってきた。

木戸を潜ると、井戸端にいた金八が、

「おーい、旦那が戻ってきたぜ」

長屋中に響く声を上げた。斬られて倒れていたことは、皆知っている。玄友の元へ運んだ自身番屋の番太郎が知らせてくれていたのである。

「診療所で死んじまってんのかと思ってやしたぜ」

「幽霊ってことはねえよなあ」

「死んだあとに、剃った月代が伸びるってのも妙だから、幽霊じゃねえだろ」

口々に勝手なことを言いながら、長屋の連中は、陣九郎が戻ってきたことを喜んでくれた。

実は、陣九郎はもっと早く戻ろうと思えば、戻ってこられたのである。

玄友が、十分に治るまでいろと勧めてくれたこともあるが、陣九郎は診療所に長居したい訳があった。それは、またお春に会えるかもしれないという期待だった。

結局、お春が再び診療所にやってくることはなかったのだが……。

長屋に戻ったのはいいが、陣九郎は傷がひきつり、まだうまく刀が持てない。

だが、助山藩からもらった金は、玄友に渡して、いまはからけつである。

早く、曲斬りで稼がなければならないのだ。

「いえいっ」

宙に飛ばした茶碗を斬ろうとしたが、当たりが弱くて茶碗は斬れずに落ちた。

「駄目だなあ、旦那。もう少し休んでなよ。まだ金は残ってるからさ」

三蔵が笑って言った。

「そうだな。しばらくおぬしに食わせてもらうか」

陣九郎は、力むのを止めた。なるようにしかならないのだと思うしかない。

そろそろ梅雨になりそうな、どんよりとした空を見上げた。

一〇〇字書評

切り取り線

購買動機（新聞、雑誌名を記入するか、あるいは○をつけてください）

□（　　　　　　　　　　）の広告を見て	
□（　　　　　　　　　　）の書評を見て	
□ 知人のすすめで	□ タイトルに惹かれて
□ カバーがよかったから	□ 内容が面白そうだから
□ 好きな作家だから	□ 好きな分野の本だから

●最近、最も感銘を受けた作品名をお書きください

●あなたのお好きな作家名をお書きください

●その他、ご要望がありましたらお書きください

住所	〒				
氏名		職業		年齢	
Eメール	※携帯には配信できません		新刊情報等のメール配信を希望する・しない		

あなたにお願い

この本の感想を、編集部までお寄せいただけたらありがたく存じます。今後の企画の参考にさせていただきます。Eメールでも結構です。

いただいた「一〇〇字書評」は、新聞・雑誌等に紹介させていただくことがあります。その場合はお礼として特製図書カードを差し上げます。

前ページの原稿用紙に書評をお書きの上、切り取り、左記までお送り下さい。宛先の住所は不要です。

なお、ご記入いただいたお名前、ご住所等は、書評紹介の事前了解、謝礼のお届けのためだけに利用し、そのほかの目的のために利用することはありません。

〒一〇一‐八七〇一
祥伝社文庫編集長　加藤　淳
☎〇三（三二六五）二〇八〇
bunko@shodensha.co.jp

祥伝社ホームページの「ブックレビュー」からも、書き込めます。
http://www.shodensha.co.jp/bookreview/

祥伝社文庫

上質のエンターテインメントを！　珠玉のエスプリを！

祥伝社文庫は創刊15周年を迎える2000年を機に、ここに新たな宣言をいたします。いつの世にも変わらない価値観、つまり「豊かな心」「深い知恵」「大きな楽しみ」に満ちた作品を厳選し、次代を拓く書下ろし作品を大胆に起用し、読者の皆様の心に響く文庫を目指します。どうぞご意見、ご希望を編集部までお寄せくださるよう、お願いいたします。

2000年1月1日　　祥伝社文庫編集部

からけつ用心棒《ようじんぼう》　曲斬《きょくぎ》り陣九郎《じんくろう》　長編時代小説

平成22年4月20日　初版第1刷発行

著　者　芦《あし》川《かわ》淳《じゅん》一《いち》

発行者　竹内和芳

発行所　祥《しょう》伝《でん》社《しゃ》

東京都千代田区神田神保町3-6-5
九段尚学ビル　〒101-8701
☎03(3265)2081(販売部)
☎03(3265)2080(編集部)
☎03(3265)3622(業務部)

印刷所　堀内印刷

製本所　ナショナル製本

ISBN978-4-396-33577-9 C0193

祥伝社のホームページ・http://www.shodensha.co.jp/

祥伝社文庫

坂岡　真　**のうらく侍**

やる気のない与力が〝正義〟に目覚めた！　無気力無能の「のうらく者」が剣客として再び立ち上がる。

坂岡　真　**百石手鼻**　のうらく侍御用箱

愚直に生きる百石侍。のうらく者・桃之進が魅せられたその男とは。正義の剣で悪を討つ。傑作時代小説、第二弾！

藤原緋沙子　**恋椿**　橋廻り同心・平七郎控

橋上に芽生える愛、終わる命…橋廻り同心平七郎と瓦版屋女主人おこうの人情味溢れる江戸橋づくし物語。

藤原緋沙子　**火の華《はな》**　橋廻り同心・平七郎控

橋上に情けあり。生き別れ、死に別れ、そして出会い。情をもって剣をふるう、橋づくし物語第二弾。

藤原緋沙子　**雪舞い**　橋廻り同心・平七郎控

一度はあきらめた恋の再燃。逢えぬ娘を近くで見守る父。——橋上に交差する人生模様。橋づくし物語第三弾。

藤原緋沙子　**夕《ゆ》立《だ》ち**　橋廻り同心・平七郎控

雨の中、橋に佇む女の姿。橋を預かる、北町奉行所橋廻り同心・平七郎の人情裁き。好評シリーズ第四弾。